像素

陈武文集 · 北京追梦故事

陈武 著

中国文史出版社

图书在版编目（CIP）数据

像素 / 陈武著 . -- 北京：中国文史出版社，

2021.10

（陈武文集 . 北京追梦故事）

ISBN 978-7-5205-3243-3

Ⅰ . ①像… Ⅱ . ①陈… Ⅲ . ①长篇小说－中国－当代

Ⅳ . ① I247.5

中国版本图书馆 CIP 数据核字 (2021) 第 199117 号

责任编辑：金　硕　刘华夏

出版发行	中国文史出版社	
社　　址	北京市海淀区西八里庄路 69 号院　邮编 :100142	
电　　话	010-81136606 81136602 81136603 81136605（发行部）	
传　　真	010-81136655	
印　　装	阳谷毕升印务有限公司	
经　　销	全国新华书店	
开　　本	880×1230　1/32	
印　　张	6.875	
字　　数	160 千字	
版　　次	2022 年 3 月北京第 1 版	
印　　次	2022 年 3 月第 1 次印刷	
定　　价	56.00 元	

目录

CONTENTS

第一部　/ 001

第二部　/ 065

第三部　/ 139

跋　/ 205

从"游手好闲"谈起　远人　/ 207

第一部

0

天又黑了。史汐汐完全没有察觉。

史汐汐经常察觉不到天是什么时候黑的。有时候在沙发上站起来，有时候从桌子上抬起头来，就是从卫生间出来，或者喝一口水，猛然间，就发现天黑了。

天确实黑了。

史汐汐看向窗外——屋里的灯是亮着的，从屋里看窗外，看到的是一片黑；再看，渐渐的，才有了远处灯光照过来的朦胧而模糊的光影。光影里，有个人站在窗外的便道上，隔着绿化带，朝他望，两只眼睛像探照灯一样灼灼逼人。史汐汐心里会"噔"地膈应一下，后退半步。

这不是第一次了。无数次，史汐汐都会有这样的错觉——那个人在发现史汐汐看他的时候，会迅速地隐退，和黑融为了一体。但是，真的有人在窥视他吗？有几次，史汐汐重新把眼睛贴着玻璃向外注视时，发现外面并没有人。只有那么一两次，他看到便道延伸处的绿化带旁的小路上，浊黄的路灯下，有一对情侣在相伴而行，女的身材婀娜，长发披肩，还回头向窗户又望一眼。史汐汐不能确定刚才偷窥他的是不是她，或者是他们。只好心生疑惑地坐到沙发上，发发呆，百无聊赖地拿出手机，随便刷刷，抖音、朋友圈、小红书，刷一圈下来之后，脖子酸了，手腕也酸了，再去玩计算器。

1

桌子上有五个发声的计算器，大小相当，一溜儿排开。

史汐汐在灵活地弹奏。他像一个钢琴家，十根手指在各个计算器上精灵一样地跳动着。

每个计算器的音质都不一样，佳灵通7778，得力1555，还有卡西欧。有两个是弹奏好听的和弦用的，一个是弹奏多极的，另两个是普通的。网上有计算器音乐同盟，史汐汐测试过自己的水平，算不上顶级，最多算是个高级发烧友。但他喜欢弹奏计算器，每天都要弹奏一会儿。计算器的音乐和别的音乐是不一样的，有着鲜明的计算器特色。虽然他有更专业的技能——吹小号，并且自认为吹奏小号的技能，够得上专业的水准。但他依然痴迷于弹奏计算器。

此时，他的小号装在包里，就挂在客厅的墙上，已经整整一天没有摸它了。

外面的雨还在下，雨水摔打在窗玻璃上，含混不清地流淌着，像极了他此时的心情，也是混沌而模糊的。

突然有人敲门。

谁会在这时候敲门？他也不认识几个人的。这个叫"北京像素"的小区，处在北京城区的东部，名字特别大，不过一个小区而已，为什么要冠上北京？不冠上北京，这个小区就不在北京了吗？真是莫名其妙。他才住进来一个月，就讨厌这个小区了，连带的，也不喜欢小区的人。开在一幢幢筒子楼里的各种店铺，他也不喜欢。"像素"两个字，倒是颇具象征意味，和小区的个性非常匹配，形形色色的住客真的就是某个固有的影像，体现出他们不同的"像素"，即基本的色调及其灰度的编码。听听，在这个孤独、闷热而萧瑟的雨夜，不是有人敲门了吗？他的像素也随即会产生不同的灰度变化。

门开了，几乎和他贴面而立的，是一个女孩。

女孩穿姜黄色连衣裙，很简洁的款式，没有任何点缀，也没有袖子，两条细细长长的胳膊耷拉着，左手拿着手机，右手提着一把收起的折叠伞，伞柄上有一个亮闪闪的金属圈子和心形水晶吊饰。湿淋淋的伞正往下滴水。在她脚边，已经有一汪水渍了。史汐汐看她光滑的小腿全喷湿了，脚上的人字拖也是水啦啦的。看来外面的雨真大啊。

"找谁？"史汐汐口气生硬。

"找你。"

"认识？"

"不认识。"

"不认识……"

"我叫田菁，田地的田，草字头放个青年的菁。住本小区5号楼，就对面那幢。我是画画的，插画、漫画……说你也不懂。我想问你一个事。就你一个人住吗？如果你不开店，我们能换房吗？”
这个叫田菁的画家，说话节奏既快又平，平到没有语感和节奏，又
快到一句吞并一句似的。

史汐汐是玩音乐的，他不喜欢这样的语速，毫无韵律感。但这
个盛夏雨夜的不速之客还是引起他的兴趣，他看到她两片薄薄的嘴
唇不停地翻动，白森森的牙齿一闪一闪，语气却是冷漠的，和她阴
郁的深灰色的眼睛正好搭调。

“是，是一个人住……”史汐汐一时没听明白“换房”的话，
问，“怎么啦？”

“好。”她的话又突然珍贵了，一个“好”都不愿意说似的，
还略略皱一下眉尖。

接下来，是尴尬的沉默。

史汐汐歪一下脑袋，仿佛在问，怎么不说话？怎么就好啦？

她眼睛还是那样在注视他。

“还有事？”史汐汐问。

“不是问你啦，我们能换房吗？你还没有回答呢。”田菁旋转
一下手里的伞，金属圈和吊饰碰撞发出细碎的响声，有水滴溅到史
汐汐的腿上。

史汐汐看着她。这女孩不难看，年纪不大，和他应该相仿，素
颜，短发，单眼皮儿。她说换房。她主动来换房，眼神还这么蛮，
口气还这么横。她就这么直直爽爽毫无顾忌地站在他面前。在她的
背后，是已经关了门的便利店，专营韩国商品的便利店的隔壁是一
家指甲店，再隔壁，是洗衣店，还有它左右两侧的酒铺和蛋糕店。

这几家店老板都来找过他，他们不是来跟他换房的，他们是来问他的房子租不租的。他当然不租了。这是他自己的房子，是他爸爸买给他的，一年多了，一直闲着，这才搬来一个月，就像一朵刚开的花儿，引来这么多蜜蜂蝴蝶。眼前的这只黄蝴蝶，胸部平平的，显得细细的腰肢也毫无意义。如果是在以往，如果不是在深夜，如果不是大雨倾盆而下，他肯定会毫不犹豫地一口回绝，甚至不顾情面地关门谢客。

"5号楼1106室，面积49平，上下两层，共98平，墨绿色窗帘，家具齐全，厨房用具齐全，冰箱空调都是新的，一个单开门的冷藏柜也是新的，大床——1.8米乘2米，搬过去就可以住——反正你是一个人住，住哪里都是住。你看看，这个小区所有的楼房，有住在底层而不开店的吗？"田菁看准了他的犹豫，继续用密集的语言狂轰滥炸，"我看好你这房子了，你不上班，每天都在吹小号，还玩计算器，你搬到1106，照样可以吹小号，照样可以玩计算器。我知道计算器音乐挺好听的。我的一个朋友也爱玩。也许你们还能见面成为朋友呢。反正……你不能占用资源而把资源白白浪费掉。你占用资源而把资源白白浪费掉就是对资源的不尊重，到头来会受到资源的惩罚的。"

"明天再说吧。"史汐汐受不了她的喋喋不休了。

"为什么是明天？现在就是凌晨，就是半个小时前的明天。"

"那就天亮再说。"

"可你上午都在睡觉，你的天亮就是中午……现在能解决的事儿为什么要等到天亮？天亮还有天亮的事，谁知道天亮和灾难哪个先到？"田菁的眼里突然聚满了泪水，眼睛不敢眨了，一眨就会泪流满面了，"……好吧，明天我再来，打扰啦，再见。"

田菁走了，强忍着泪走的。她应该从筒子楼走进雨中了。她的眼泪，也应该和雨一样滂沱了。史汐汐觉得这是个奇怪的女孩，和别的打他房子主意的人完全是不同的风格。史汐汐从窗户里向外望，外面依旧是狂怒的暴雨，绿化带、草坪、杂树这些能看见的物体都在雨中挣扎，发抖。路灯的光照很微弱，透视距离很近，在灯光周围是闪亮的金黄色的雨线。史汐汐看不到田菁。通往对面的路只有一条，路两边栽着齐胸高的银花地木，如果她到对面的楼里，这条路是必经之地。但是，路上并没有出现她的影子。远处那盏路灯下也没有。对面楼上的窗户，大都黑灯瞎火了，只有个别窗户里还有灯光。他看一眼墙上的电子钟，快凌晨一点了。她能去哪里？还在走廊里？

史汐汐犹疑地拉开了门。

那个叫田菁的女孩仿佛没有动窝一样，依然站在原地，一手拿着手机，一手拿着正在滴水的伞，地上的水渍扩大了一圈……史汐汐把自己吓了一跳——眼前什么也没有，也不是幻觉，不过是他的想象而已。

2

史汐汐不喜欢啃酱鸭脖子。但这已经是他第二次啃了。这是对面便利店里的老板小段送来的。小段在中午十二点时敲他的门，大声喊道："小史，小史，小史，给你两条鸭脖子！"

史汐汐还没有完全醒透，迷迷糊糊还是起来了——门被拍得这么响了，把剩下的困瘾震没了。他胡乱地套件 T 恤，趿着拖鞋从楼梯上"吧嗒吧嗒"地走下来，开了门。门前的女孩和夜里叫门的女孩完全是不同的两种画风，这个叫小段的女老板白白胖胖的，也不是那种肥胖的胖，胖得有形有款的，腰是腰，胸是胸，屁股是屁股，像一幅色彩夸张的油画，交代得特别清楚，从哪个角度欣赏都好看，笑时脸上有两个小酒窝，不笑时也像笑的样子，T 恤、长裙的搭配，虽然是浓妆艳抹，也不至于俗不可耐。但见她胖手上端着的塑料盒里，是两条酱紫色的香味四溢的酱鸭脖子。

"还睡啊，估计该起来了，拿着，趁热。"小段眼睛都笑眯了。

史汐汐把酱鸭脖子接在手里，"谢谢"两字还没有说完，就被小段接住了："谢啥呀，自家好兄弟！吃吧吃吧，空了过来坐啊！"

史汐汐回身，关门，把酱鸭脖子放在茶几上，这才开始洗漱。一边洗漱，一边想着那个叫田菁的瘦弱的女画家，她说明天再来，是指今天还是明天？说这话时已经是凌晨了，严格地说，应该是明天。但是，如果按当时的口气，就是今天。她不是就"今天"和"明天"也跟他理论一番嘛。她要跟他换房。她是画画的。住 1106 就不能画画了吗？对面便利店的女老板想要他的房子扩大经营规模，他能够理解。一个画家，为什么也打他房子的主意？一年前，他刚刚大学毕业，他爸爸就让他来北京。他爸爸已经给他在北京找了一家外资银行的工作。他在大学是学金融的，这个工作也适合他。可他没有来。他留在妈妈身边了。他妈妈在深圳，是一家跨国大公司的高管，也给他买了一套房子，是海景房，得风得水得太阳，比起北京像素这种小产权的错层要高档多了。而且工作也有了着落，就在他妈妈的公司做，先从基层做起。可他不喜欢那种刻板的工作，天天对着表格和数据。表格是冷漠的，数字更让他头疼。计算器在手里，不由得就弹起了音乐。虽然是无声的计算器，手指有节奏地按着那些数字键，内心里自然就响起音乐的旋律了。他喜欢音乐，喜欢小号。音乐和小号才是有生命的，有思想的，也能够延续生命，也能够表达思想。他想做职业小号手，他理想的工作就是在一支乐队里吹小号。如果不成，就自己组建一支乐队。可他爸爸不同意，妈妈也不同意。在深圳苦熬了一年，下定决心，还是来了北京，住进了北京像素。前两天他去了位于海淀郊外的"树村"。树村这个地方，在北京特别神秘，他大一时的政治老师（也是指导他吹小号的老师）给他讲过北京许多隐秘的特色村庄，比如宋庄，比如东村，比如马阁庄。宋庄聚集着许多画家。东村是一群行为艺术家擅自修改的名字，是为了致敬纽约西村的，那儿是世界行为艺术家的老窝。他们还在村头插上"东村"的牌子，很快就被愤怒的村民拔掉了。但东村的名号，还是在北京叫响了。树村，那是北京地下音乐的圣殿，住着很多才华横溢、怀揣音乐梦想的年轻人，出了许多民谣歌手和摇滚乐大师，也从树村走出了一批响当当的乐队和音乐人，他们的名字金光灿灿响彻云霄。树村是他向往的地方，是他多年的梦之所致。但是，当他背着小号，踏上树村的街头的时候，树村和他想象中的地下音乐之都大相径庭，既没有人在院子里练琴，也没有乐队在街边演奏，甚至传说中的迷笛音乐学校也不知去向了。他曾跟一个在村街上晃荡的年轻人打听迷笛音乐学校。对方狐疑地看看他，一声不吭地走了。但他还是有收获的，在一个陈旧的四合院外，他听到有人在弹吉他唱歌，一个沙哑的男低音，唱的歌他不熟悉。不熟悉就对了，树村的独立音乐人都在创作自己的音乐，他们把歌曲上传到网上，赢得许多粉丝的打赏。他冒着风险走进了四合院。在一间门朝西的东厢房里，他看到一个自弹自唱的女孩——没错，女孩穿加长版的白T恤，丰满的乳房上印着"果儿"两个汉字，她有着一副男性化的低音。她很投入地唱，真是棒极了，吉他弹奏也非常好，有范儿。一曲终了，他鼓起了掌。他以为掌声能引起她的注意。没想到她只是扫他一眼，又重复地继续唱同一支曲子了。他不是被冷落，而是被无视。他换了个角度，还朝窗前移动了半步，看到一张破沙发上，还躺着一个人，分不清是男的还是女的，凌乱的酒红色长发遮住了脸，可能是睡着了。不，不是一个人，是两个人，他看到了三条白森森的交错的腿，和褪到大腿上的裙子。两个人怎么会有三条腿？另一条腿呢？他未及细看，一条二哈又从"果儿"的另一侧向他傻望过来。他怕狗，退出了四合院，让"果儿"的歌声渐渐消失。他又去别的地方转了转。别的地方，他同样发现了许多音乐的元素。不知从哪里飘来的架子鼓的噪声，还有隐约的抒情的笛音。可这些声音又不能具体在哪里。他寻寻觅觅，一直踌躇到下午三点多，天空阴云密布的时候，才依依不舍地离开了树村。在告别树村的公交车站台上，也就是树村的街头，他吹了一曲小号。这是一首他自编的曲子，音节简单，深沉、低缓而厚重，灵感来自树叶飘离枝头的深秋。他给这首只有四个音节的曲子命名为"告别"。他吹奏着《告别》告别了树村，是不想再来了吗？他也不知道。总之，树村没有给他带来惊喜。

洗漱完毕的史汐汐吃起了小段送来的酱鸭脖子，思绪还沉迷在昨天的树村之行中。鸭脖子上没有多少肉。这次他吸取了上一次草草了事地啃几口的教训，细心地啃，用牙齿一点一点地撕，慢慢地品，鸭脖子的酱香味才渐次打开了他的味蕾。

门又被敲响了，门外的声音还是小段："好吃吧？"

他假装听不见。他已经不是第一次假装听不见别人叫他了。特别是小段这种无话找话的搭讪。

啃完了酱鸭脖子，他准备上网点午餐。点什么呢？昨天晚上点的鸡米饭好吃。要不，再吃一次吧。

点好餐，他站到了窗前。

夜里的雨不知什么时候已经停了。午后的北京像素小区里，到处都是新鲜的阳光，从窗户望出去，阳光和夜里的雨一样，把整个小区覆盖了。他的目光，落在对面的那幢楼上，那就是 5 号楼，他去过。还是他刚来的时候，好奇地在各幢楼里走一走，看一看。几十幢楼都是同一个格局，都是筒子楼，一条百余米长的通道，通道两侧分布着一个个房间，这些房间里都是各色的店铺，卖什么的都有，能想到的、想不到的，都有卖。他当然不想去逛那些店铺了，他想起了雨夜造访的女孩。他开始数着 5 号楼的楼层，数到了 11 楼。1106，如果按照他所在的这幢楼的格局算，逢双的号应该朝东，而他看到的，是单数的房间，是看不到 1106 的窗户的。他只能看到 1105 或 1107，然后想象着对面的 1106。他望不到 1106，也就不知道田菁的行状。实际上，就是望到了 1106，也看不到田菁的行状。但是，她是如何观察他的呢？她知道他有计算器，知道他吹小号，也知道他喜欢弹奏计算器，还知道他作息的时间。只有一个解释了，她到他的窗前观察过他，有可能还不止一次。也可能，她就是他幻象中的某位。他的窗外，隔着一块草坪，是一个齐胸高的绿化带，绿化带那边是一条路，路的那边是一个大花园。花园里有海棠、垂槐等树，还有一棵多株连体的白皮松，围着白皮松的是几张白色的条椅。条椅上经常有人小憩。他也在那儿坐过，还在条椅上捡过一个粉盒。她有可能是躲在白皮松下观察他的。昨天雨夜，瓢泼大雨中，她会在白皮松下观察很久吗？那白皮松移栽时间应该不长，五六株抱成一丛，枝叶并不茂盛，挡不了风雨，凭她那把小小的太阳伞，难怪她腿上都湿透了。她站了多久？听了他吹小号啦？窗户有隔音的，加上雨声，她听不见。他的眼前出现了这样的画面，如鞭的大雨中，一顶单薄的花伞下，比花伞更单薄的女孩，目不转睛地看着窗户里的他，计划着如何敲开他的门，向他表述她的计划……

他决定下午出访 1106。

3

史汐汐刚一出门，就被小段一眼逮到了，热情地喊他，要向他请教个事。

"弟弟，你说我要买个三开门的冷藏柜，放哪里好呢？外国啤酒冷藏后销路太好了，不够卖的，我要添置设备啊！"小段的笑脸让人无法拒绝，而且还改了称呼，不叫小史，而叫弟弟了，口气里不仅是随和、亲切，还像亲人一样的信任了。

史汐汐站在四面都是橱架、中间也排了几排橱架的店铺里，向周围看了看，店里已经有了一个三开门的冷藏柜了，柜子里排满了各种啤酒，不仅有韩国的，还有日本的、美国的、德国的、西班牙的、比利时的。再加一个柜子，确实不太好腾地方了。

小段在他对面站着，一脸期待地看着他，温柔带笑的眼里脉脉含情，让史汐汐不敢直视。

"你看这儿怎么样？"她从他身边挤过去了。不知是无意还是有意，饱满而柔韧的丰胸紧挨着他的胳膊擦了过去。他感觉到她胸部的挺拔和弹力，一股涌动的热流迅速注满了他的全身。她转过身，若无其事地指着窗下的一个柜子说："把这个架子腾开，就能放个冷藏柜了，可是，方便面和零食又无处摆放。唉，愁死我了，弟弟，给个建议来。"

史汐汐还在那种融化般的感觉里没有出来，无力地努了下嘴，盯在楼梯的下面，说："那儿可以放个地柜式冰箱。"

"哈哈，这想法和皮蛋一样一样。"

说话间，皮蛋从楼上下来了。皮蛋把楼梯踩得哗哗响，大声说："是吧？我也看好那地方了，我们'90后'的思维一样一样的。"

"你少套近乎啊，谁跟你是'90后'啊？人家弟弟是'95后'好不好？你是91年，我是93年，我们才是'90后'，人家弟弟

97 年的，差几条代沟啊，嘁，我真是服你了，什么你都能沾得上边儿。死一边去！"小段说罢，又转移话题道，"弟弟打扮跟新郎一样，这要去哪里？"

史汐汐没带小号，说是出远门也不像，他也不会撒谎，实话实说道："去 5 号楼，见一个朋友。"

"穿这么帅，见谁？一定是女的吧？"皮蛋是个大块头，比史汐汐高，还比史汐汐胖一圈，麻将牌一样的长方脸，眼睛、鼻子、嘴，都像被扯方了一样，说话也是字正腔圆的东北话。他说着，从冷藏柜里拿出一瓶比利时白啤，打开，递给了史汐汐。自己也拿出一瓶，打开，喝一口，对史汐汐说："坐会儿，不慌。"

皮蛋的身份，史汐汐直到前几天，才弄明白。一开始，史汐汐以为皮蛋是小段的先生，至少是同居男友，语言、举止和行动也确实像两口子。有一天，史汐汐在店里闲坐，喝着冰镇啤酒，皮蛋送货去了——马不停蹄地一连跑了三趟，头上一直汗流不断。史汐汐就对小段夸道："你家先生真能干啊，听你话，有块头，嘴巴甜，又能跑。"谁知，小段说："他呀，皮蛋呀，他不是我先生，一般朋友，他是搞影视剪辑的，暂时没工作，常在我店里泡着，我就让他送送货了，一月给他三千块钱，供吃。"史汐汐听了，觉得话说多了，冒失了，有点抱歉的意思。但又觉得无所谓，因为他看出来，就算是朋友，也不像小段所说的一般的朋友，明显皮蛋就和她一起住在楼上嘛。他在心里帮小段的话又补充了一点，一月供他三千块钱，供吃，还供睡。

史汐汐没工夫陪皮蛋坐，啤酒也没喝，对小段说："我先过去了——和朋友约好有点事。"

"再坐会嘛弟弟，"小段说，"你看我这小店，货都堆成这样了——你干脆把楼底转让给我得了，不少给你钱的，也不影响你住，楼上那么大一间，不够你住的呀？开舞会都够了？当然当然当然，你家也不差钱，我一年前开店时，你家房子就一直空关着了。"

"我们还以为是无主房呢。"皮蛋喝了一口啤酒，"老子差点把你家的门给弄开了。"

"你是贼啊？你是贼养的啊？闭嘴！"

史汐汐不想讨论房子的话题，也不喜欢别人的粗鲁。他更讨厌别人打他房子的主意，那个洗衣房的大妈更是过分，拉住他的手，拍拍打打的，要给他另租房子住。他从未考虑过这些，就算是那个田菁，他也不过是对她很好奇而已，见着了，也决不谈房子。他趁着小段骂皮蛋的当口，出门了。

史汐汐都到走廊上了，还听小段在骂皮蛋："你在楼上待着会死呀？我和弟弟正商量大事呢，谁让你多嘴的？"

"我我我……"皮蛋结巴着"我"不出来了。

"弟弟，"小段追出来了，"啤酒带上。晚上姐请你吃火锅啊。"

"不一定赶得回来。"史汐汐说。

"等你，反正是晚饭。你不来姐吃着没味。等你啊！"

史汐汐都走出去老远了，小段的话还在后边追赶着。

从筒子楼出来，像一下子跳进了蒸锅里。

北京的七月，真是热，热浪像悬停在空中，让人无处躲藏。特别是刚下过雨，地里吸满了水，植物也喝饱了，在白花花太阳的蒸发下，热浪涌动，又闷又潮，有点像老家梅雨天气里的感觉。史汐汐沿着绿化带中间的小径，拐到自己的窗前，隔着那段两三米宽的草坪，朝窗户上看了看。一楼的窗帘是塑料板折叠式的，有一根杠杆控制，他不喜欢这样的拉关方式，一般也就没有关闭过。楼上的窗帘是养眼的抹茶绿，倒是全天候拉得严丝合缝。爸爸还是没有妈妈细心。他想起了深圳的海景房，150多平，三室两厅两卫，装修既大方又豪华，他是喜欢的。爸爸买这叫什么房子啊，朝向不好也就罢了，不通透也就罢了，还是筒子楼，面积只算40多平，根本不适合家居，租给别人做生意倒也合适。史汐汐没有太过深入地抱怨爸爸，是他自己同意来北京的，能有个房子住就很好了。爸爸已经重新成家，还和新夫人生了个天真可爱的妹妹，对他这个儿子，也只能这样。他回身又看了看花圃里的白皮松，白皮松下是空荡荡的椅子，连平时爱在椅子上睡觉的流浪猫也不见了。正是下午热浪翻滚的时候，谁会在这时候闲转呢？就算是有人转悠，也不一定是田菁啊。田，菁，这个名字有点意思，是庄稼地里的植物，有一种新鲜的草香。史汐汐想象着，田菁无数次就在他窗外的某个地方，观察他在屋里的一举一动。而他大多数时候都是浑然不知的。等他发现有人在窥视他的时候，她又躲起来了，让他觉得不过是黑夜里的幻觉。

史汐汐上了电梯，走在了11层的走廊里。史汐汐轻易就找到5号楼1106了。这是田菁的家。

门上贴着一张纸条："有事请打1330……0144。"

是在家呢还是外出？是田菁的号码还是她室友的号码？从田

菁在雨夜中的话听出来，她没有室友，就她一个人住，甚至有可能她就是房主。那么，就是她本人的号码了。史汐汐犹豫着，拨通了手机。

"喂，我是你对面那幢楼0144的……"

"啊……知道知道，你同意换房啦？"

"不，啊？那个……你的手机后四位，和我房间同号。"史汐汐灵机一动地扯道。

"是啊，缘分啊，我早就发现了的，千年才修得同船渡呢……所以要和你换房嘛，你要是同意换房，我每月可以补贴你点费用。我是讲道理的，你肯定看出来了吧？我是多么讲道理啊……昨天我是被大雨淋懵了。你那算是门面房的，同样的平方，比别的房子要贵两千多块钱的。我每月补你两千五……不，补你三千怎么样？相当于你住同样的房子，还净赚三千块钱，简单说，就是睡觉你都睡出了钱来，上哪去找这个好事啊！也不影响你吹小号弹计算器，好不好？"

"我再想想，而且……我再想想，好吧？"没有见到田菁，他还是给自己留了个缓冲的余地。虽然，田菁的话极具吸引力。

"想啥呢？我说得还不明白吗？"

"很明白，但是，这么大的事，真的要想想的。"

"你要想多久？好吧，你想想吧……你晚上干吗？5号楼的楼底有一家咖啡店，你找找看，很容易就找到的，我请你喝杯咖啡，八点，八点我就回去了。喝个咖啡不用想想吧？"田菁又强调道，"真的不能提前回的，我在给学生辅导作业，请你谅解。"

"我请你。"史汐汐算是同意了。

"别呀，是我先说的……好啦，这个先不争，那……我八点半就到了，不见不散啊。"

挂了电话，看看时间，才三点多，离八点还远了，回家也没劲，说不定小段还在那儿等着呢，要是真拉他吃火锅，是吃还是不吃？何不自己先到咖啡店里坐坐？吹吹空调，喝喝咖啡，玩玩手机，时间也快的。

4

像素单元房底层的格局不好布置，店铺都很局促。咖啡店似乎要好一点。这家咖啡店的名字太有意思了，叫"鲁迅手迹"。四个字倒是鲁迅书法的拼凑，看着舒服。咖啡店里的气味挺好，人也少，底层有一个吧台，贴墙是几个小书架，书架上的书居然都是鲁迅著作，不同时期各种版本的鲁迅著作。这也算是特色了。最牛的是正面墙上，四套不同时期的《鲁迅全集》，是被镶在玻璃箱子里的，华贵而大气。临窗的小方桌已经被一个短发女孩占据了，她正在使用电脑，头都没抬，两只手不停地在键盘上敲敲打打。吧台里挂一幅鲁迅的木刻头像，横眉冷对的造型。鲁迅像下的女孩小鼻子小眼睛挺精灵，像是主管又像是服务员，也或许是老板，招呼客人的声音空谷足音般的甜甜脆脆。

史汐汐就是在她的招呼声中，有着不错的心情的。

史汐汐看咖啡店人不多，可以坐坐，可以消磨下午剩下的时光。但他还是好奇楼上是什么样子，便踩着门旁的楼梯上楼去了。楼上也有顾客，同样不多，只有一男一女两个中年人，两个人就这么对坐着，四目相对，谁也不说话，仿佛较着什么劲。史汐汐拿起桌子上的电子菜单，点了一杯拿铁，又去小书架上找书。楼上书架的书又是另一种风格，全部是关于鲁迅的书，他数了数，仅《鲁迅传》《鲁迅评传》《鲁迅大传》《鲁迅画传》《鲁迅传记》等鲁迅传就有几十种，他挑了一本《鲁迅演讲》和一本《鲁迅诗话》。他想练练自己的口才。他觉得在女孩面前，说话总是没词。他在大学里虽然拿过经济系演讲比赛的第三名，但是，并列第三名的有二十人，他一点成就感都没有。他要从《鲁迅演讲》和《鲁迅诗话》里找些金言妙句，或许在和田菁谈话时，能压过她一头。回到座位上以后，他看到那对中年男女起身离开了。他觉得中年人的思想都是琢磨不透的。他随便翻开了《鲁迅演讲》，看到的一篇是《今春的两种感想》。每个人都有感想。他想看看鲁迅的感想。读几页，不太明白。鲁迅的话似乎很冲，很硬，风格有点像田菁，只是语调比田菁有所起伏罢了。他哑然失笑了，田菁语气虽然平，内容却是蛮横的，不讲理的。她怎么能和鲁迅相提并论？

等人的时间很漫长。他翻了《鲁迅演讲》和《鲁迅诗话》后，又翻了《鲁迅名言》《鲁迅书话》《鲁迅杂文精选》等书。鲁迅的书他读不进去，都像在东扯西拉。而且他也弄不明白《鲁迅书话》和《鲁迅诗话》的区别。他也懒得弄明白。同时他还觉得，好书也许都是东扯西拉的吧？感觉看了好久的书了，看看时间也就刚过五点。下午五点多，一天也就快过去了。再坚持三个小时，田菁就到了。到了这时候，他才觉得，到北京一个多月来，田菁是他第一个具体想见的人。此前他只想杀入北京的地下音乐圈。可是，树村都去过了，反让他迷惘了。他刚来北京那一周，还去过几次三里屯的酒吧街，在酒吧里听过歌。酒吧里的歌手们唱歌都很卖力，有几个还很不错。但他们都是三四个人组成的小型乐队，以吉他为主，没有吹小号的。看来，他吹小号真的没有前途了。左洁就表达过这个意思。左洁是他高中的同学，像个先知一样，预测过小号是古董店里落满灰尘的老物件，看看可以，怀怀旧可以，没人玩了。左洁爱玩计算器，喜欢用计算器弹奏各种曼妙的音乐。他便也喜欢计算器音乐了。在左洁的引导下，他第一次买了个发声计算器，左洁也送过一个计算器给他。当然，这两个计算器被老师没收了。整个高中阶段，他和左洁交流的就是计算器音乐，两个人在左洁的生日宴会上，还合奏过一曲《祝你生日快乐》。那是他们唯一的一次合作。考上大学那一年，左洁把她最好的一个计算器送给了他，同时也表示，她从此要告别计算器音乐了，因为她去英国读书了。他和左洁就再也没有联系过。他很伤感，每次弹奏计算器时，就想起远在英国的左洁。弹奏计算器，变成他对青春期的怀念，也是对左洁的想念。但他知道，左洁不会再和他有什么交集了。因为他听高中同学说过，左洁的父母，也到英国去定居了。史汐汐为了证实同学的话，从同学那儿要了左洁在英国的通信方式，联系上了左洁。左洁听到他的声音后，愣了一下，之后半是警告半是决绝地说："谁让你打我电话的？我都告诉过你了，我到英国读书，就是不想再和你联系了，明白吗？以后别再打了，打了我也不接，丢掉幻想，正视现实，面向未来。"左洁的话干脆利落，让他认清了现实。整个大学四年，他几乎就没有再想起左洁。虽然，每次弹奏计算器，左洁总是绕不过去地出现一下，都是浮光掠影了，他不会深想了。寒暑假里，和高中同学聚会，偶尔有人提起远在英国的左洁，他也只是听听而已，不去打听也毫无感觉了。他这次来北京，本不想带计算器的，一个也不带。小号就是他唯一的情人。他要重新开始。鬼使神差地，他还是从一堆计算器中，选了五个。他清楚地知道，带计算器不是要怀念什么，更和左洁无关，是他自己的喜欢。计算器音乐是调节生活的一种方式，偶尔也许会玩玩的。田菁不是提到过他弹计算器的事吗？听话听音，田菁似乎也懂计算器音乐，至少，她有个爱好计算器音乐的朋友，她那个朋友是男的女的呢？他或者她的计算器音乐的水平怎么样呢？他或她现在还玩吗？倒是可以交流交流的。史汐汐的思绪信马由缰地散漫着。

　　过八点半了，田菁还没有来。为什么第一次约会就失约呢？如果有事或不来了，也可以预先打个电话来啊？不见人影又没给出理由，干什么去了呢？换房对她来说又不重要啦？好吧，本来他也没准备换房。

　　正冥想间，他听到楼下一个女声，挺耳熟的声音，不是田菁，是一种比遥远还遥远的声音。她说找人，问吧台姑娘说楼上有人吧？吧台姑娘说有，让她到楼上看看。

　　随着窄窄的楼梯响起的震颤声，一个女孩出现了。

　　史汐汐心跳突然停顿了一下，这不是左洁吗？她当然不是左洁了。她不过是一个酷似左洁的女孩，嘴形特别像，左眉上也有一个小痣，更为惊奇的是，她的声音，简直可以乱真。但是，她的头发和衣着，还是暴露了她的个性。她的头发是酒红色的，穿露背的土陶色无袖小衫，紧身牛仔裤上布满了大大小小形状不一的窟窿，露出腿上的肉，脚上是一双拖鞋不像拖鞋、凉鞋不像凉鞋的黑色鞋子，裸露着脚丫子的指甲盖涂成了绿色。史汐汐和她目光在半空中相遇了。她似乎认识他，红唇半启地一笑，轻声道："你好，0144先生，等急了吧？我是田菁的朋友。我叫麦垛。"

"能叫你左洁吗？"

"什么？"

"开个玩笑——请坐请坐，田菁呢？"

"谁是左洁？"

"我高中的一个同学，和你很像，连声音都像。"

"她也像我这样的？"麦垛的手在胸前比画一下。

"就是衣服不像。"

"呵？呵呵，有意思……你叫我什么都可以。但是，可能……不是你想象中的左洁，会让你失望的。田菁让我先来陪陪你，她被一个家长缠住了，一时走不开，可能要九点以后才能到——她牌面太大了，要我们俩来等她，还把时间规定那么死——瞧，我还是迟到了十分钟。"麦垛在他对面坐下了，从随身的包里取出一个包装很考究的和字典差不多大的礼品盒子，放到他面前，"这是田菁委托我给你代购的礼物。"

"谢谢！太客气啦！"

"不用谢我，谢田菁。她付钱，也是她指定的商品。"麦垛的话很好听，有金属般的乐感，平静而节奏分明，带着共鸣，话说完了，还有袅袅的余音。

"那也要谢谢你。"史汐汐固执而珍重地说。他觉得是在和左洁说话。同时又觉得是不是太隆重啦？是不是太讲究啦？房子还没换成，礼品就送了。这房子要是换不成，不是欠一大堆人情吗？

"好吧，"她不再客气，"估计是你喜欢的东西，拆开看看吧。"

史汐汐拆开一看，居然是一个计算器，最新款的卡西欧9906，仿钢琴的音质。史汐汐喜不自禁了，这个田菁太了解人啦，换成左洁都做不到——当然，不会有左洁的。史汐汐随手按了一曲《友谊地久天长》，仿佛和远在英格兰的左洁共勉。

楼下的吧台小姐微笑着上来了，她一定是听到音乐声了。当看到美妙的音乐不过来自普通的计算器后，也深感好奇。她没有把好奇表现在脸上，也没有制止他们玩计算器，而是礼貌地问："请问需要再点什么？啤酒？咖啡？其他饮品也有的。"

史汐汐这才想起来，抱歉地朝对面的女孩说："喝点什么？"

"有什么红酒？"麦垛说。

吧台小姐报了一串名字，史汐汐都听不懂。

"哦，那就不用了，来一杯原味咖啡吧。"麦垛说。

等原味咖啡上来后，场面出现了短暂的沉默。史汐汐已经把计算器研究了一遍。关于计算器的话题对方不一定感兴趣，人家不问，他也不便多说，说多了就成了卖弄。

麦垛的手机突然响了一声。麦垛拿出手机看看，翻了翻。可能是觉得不妥吧，把手机又放下了，轻轻搅动着咖啡。

当着新朋友的面，双方都不太想主动说什么。史汐汐不说话，他是觉得对方是田菁的朋友，又酷似他喜欢的高中女同学左洁，怕连带的也喜欢上对方。大学四年，他没谈女朋友，就是因为左洁。他觉得谁都取代不了左洁，谁都无法和左洁相提并论，尽管他和左洁已经没有了联系，左洁态度也很明确。但是，潜意识里，他觉得左洁还会出现。没想到左洁真的出现了。她和真实的左洁一样，没有废话，每句话都是必须要说的，也没有多余的动作，安静地坐着。只是假左洁比真左洁多了几分性感和成熟，也多了几分风尘和欲念。他喜欢这样的性感、风尘和欲念，觉得更真实，更可触摸。她饮咖啡时，披肩的长发滑动着，大面积的肩背就显露出来，在橘黄色的灯光下，她白皙而细腻的皮肤上，有着细细的汗毛，让他心生美好和感动。他不说话，也怕破坏心里的美好和感动。他想加她的微信，又怕过于突兀。就在这时候，她从包里拿出一个小食品盒，打开，拿到他眼前，说："吃这个吗？"

史汐汐看着小食品盒里的东西，黑黑的颗粒，大小均匀，像是植物的种子。

"这是什么？"

"牵牛花的种子，不认识就别吃了。"

食品盒虽然不大，也有二三百克。牵牛花的种子有什么好吃的？可能是一种嗜好吧，不是听说有人爱喝汽油吗？有人爱吃鼻屎吗？史汐汐想，这么多牵牛花的种子，从哪里弄来的？买的？当然是买的了，她还会种这么多牵牛花？可她为什么要吃牵牛花的种子呢？但是，她还没有吃，田菁到了。田菁提前回来了。田菁的说话声从楼下传了上来。她赶快把小食品盒收进了包里。

"哎呀，真不好意思，叫你俩久等啦？"田菁气喘吁吁地说。

麦垛站起来，摆出要走的架势说："我也刚到不久，是你朋友久等了。你们聊吧，我也有个约会。"

"这多不好意思，耽误你的事……先不说啦。"田菁拉拉麦垛的手，诚恳地说，"垛，谢谢，改日请你吃大餐！"

5

"我朋友还不错吧？她挺能谈的。她没欺负你？她可不是善茬儿。"田菁的话听起来都是热情的，可面部表情却是冷漠的，眼睛里也充满了问号，语气倒是不像先前那么平了，反倒让人觉得，她先前的羞涩、胆怯是装出来的。

"麦垛很好。"史汐汐说，"她是不是你说的那个爱玩计算器的朋友？"

"就是她，你们交流计算器啦？她嘴巴不得了，能把死人给说活啦……都怪我，来晚了。"

"不晚，很早了，不是说要到九点以后吗？这离九点还五分钟呢。"史汐汐的话，似乎在怪田菁来早了。确实，他和麦垛还没有正式交流呢。也没觉得麦垛像田菁说的那样有多么能讲，相反的，还有点寡语，更谈不上把死人给说活了。麦垛的突然离开，让史汐汐还是很失落的。但在田菁面前又不能表现出失落的样子，而且，他观察到了，田菁对于他面前的礼品盒（已经把计算器装进盒子里了），并没有表示什么，或事实上就是无视。他因此就判断出，计算器不是田菁让麦垛送的，就是麦垛送他的。可麦垛怎么知道他爱玩计算器呢？为什么要送他一个最新潮的音乐计算器呢？还为什么说是田菁让送的呢？难道仅仅就是因为他是田菁潜在的换房对象？田菁一定和麦垛说过他了，说过他的爱好了。麦垛是要帮一下田菁？暗中为田菁的换房助个力？这个麦垛，倒让他感觉是一个谜了。

"麦垛那死丫头，她说她早就有约好的约会，也是在晚上——我只好拼命赶回来啊。"

史汐汐想，赶回来，一定不是因为"死丫头"有约会，一定是有别的什么原因。史汐汐隐隐地感觉到，田菁是对很"能讲"的麦垛的不放心。没错，这个麦垛真不是善茬儿，未征得田菁的同意，就说是代田菁送一个计算器给他。这是史汐汐感觉麦垛不仅仅是暗中在帮着田菁，明显的，还另有所图嘛。

"不说这些了。你来找我，一定是想通了。我们明天签个合同吧，把房子换了。"田菁冷峻的目光直直地看着史汐汐，仿佛一切尽在掌握中，"现在就签，我家有合同模板，我去拿一下。要不，干脆到我家里签吧——那儿马上就是你的家了，去熟悉熟悉你家的环境也好啊。"

"要这么急吗？我还没跟家里说一声。我也做不了主的。"这是史汐汐的真实想法。史汐汐从小就任性，但是，在这个问题上，他还是拿不定主意的。他住哪里都无所谓，只是爸爸会不会同意呢？换房之后，会不会有什么后遗症什么的，他都不知道。他看田菁已经离开座位了。他也只好带上东西跟着她走了。

"你住的房子你不做主吗？和家里说干吗？你都多大啦？都是大人了好不好？又不是吃奶嘴的孩子，又不是卖房子，临时换一下而已，而且还有换房补贴，尽赚不赔的买卖。"田菁有点怒了，也急了，眼里还含着泪花花，"我就见不得你这种人，屁大点事也瞻前顾后，多会儿才能长大？对你说呀，我是非要和你换房不可了，我要是不换房，我就活不下去了。知道为什么吗？你根本不知道为什么……实话实说吧，我要在你的房子里搞培训，培训插画师，培训素描，培训孩子们画画。我住在这该死的11层，谁来跟我学画画？只有在一楼，才像个培训机构的样子，家长们才觉得靠谱，孩子们才愿意来，课间时间，孩子们也有玩耍的大花园。"

"有电梯的，有电梯上楼下楼很方便。"史汐汐不自觉就顺着她的话说了，为她释疑顾虑了。

"你傻啊？那些孩子都是家长的宝，关在房子里半天，出来了也是在楼道里，不把他们憋死啊？上楼下楼方便……方便吗？哪次上下楼不是等电梯？楼底就不一样了，他们在课间时，能跑到花园里玩玩，我也会常带他们到花园里写生，画画树，画画花，画画蝴蝶，画画行走的人……再说，在11层开班，孩子们的吵闹声，万恶的邻居们会举报的。楼底就不一样了，楼底就是用来吵闹的，那么多店铺呢。"

田菁脸都憋红了，眼泪一直汪在眼里了。

史汐汐的心底也有点潮湿了。但他并没有被她的眼泪感动，他只是后悔打她电话了，后悔来找她了。但是，这样的后悔太短暂，马上后悔自己的后悔了，因为这次的约会，附带见到了麦垛。麦垛才是他还想见的人。

他们说话间，已经走到楼下了。田菁去吧台买单。史汐汐当然不允，抢着要买，被她屁股一扭，霸气地挤到一边了，赌气一样地说："说好我请你的。"

田菁用手机付了款，在前头走，出了咖啡店的门，走进了走廊里。

田菁还是连衣裙，和昨天那件极简的款式不同，今天的连衣裙有些繁褥，裙摆是错落的碎叶形，袖口各有一朵绉纱的绣球花，领子上也有点缀，类似于蝴蝶结，一根亮闪闪的腰带束紧了腰肢，显得飘逸婀娜，摇曳多姿。她肩上挎着一只小包，手里拿着太阳伞。不知道是不是昨天夜里的那把伞，功能却不一样了，夜里的伞是用来挡雨的，今天的伞是挡太阳。她小碎步走得很快，虽然不说话，步态里是明显地带着史汐汐走的。

史汐汐在后边跟了几步，有点撵不上——不是他走不过她，是他不想跟着她的节奏。前边就是这幢楼的主出口了，也是电梯厅。史汐汐跟着她拐到电梯厅时，心里生出了固执的小脾气，准备跟她招呼一声，立即回家。田菁恰好也扭转了身，说："咖啡没喝好，请你来我家再喝，看看房子，我家房子装修真是好，比你0144好多了。你要是看不好……你肯定会看好的。我……对了，你叫什么名字？"说到这里，田菁终于面露笑容了。

"史汐汐。"

"史汐汐，这个名字好。"

"名字……"史汐汐嗫嚅着，想着要怎么和她告别。

"你瞧瞧，两部电梯，都停在二十楼，一动不动，肯定又是捡垃圾的在作怪了，他们要在走廊里跑一趟找他们想要的瓶子啊，纸盒子什么的，怕电梯跑了，就拿东西挡着电梯门，让电梯等他们，烦死了，你还说有电梯就方便……"田菁嘴巴不停地还想说，突然觉得，说多了会影响到他的情绪，耽误换房的，换个话题说，"咱们加个微信吧，以后交流方便。"

史汐汐打开微信，让她扫了码。

"我回啦。换房的事，我问下我爸，这是他的房子。"史汐汐说，怕是走不脱似的，赶紧走了——他怕田菁责问他，不换房打什么电话？不换房去我家干什么？

"嗨，电梯马上就下来了……"田菁声音很急。但她没有再说下去，可能发觉史汐汐义无反顾的背影了吧。

6

来到小区的夜色里，史汐汐迅速寻找着麦垛。他明知道麦垛不会滞留在小区里的，说不定已经上了地铁6号线了。但他还是四下里搜寻着。小区里有很多路灯和地灯，也有许多坏的路灯和地灯，色彩也就明暗不均，暗的地方有供人休闲的条椅，明的地方也有供人休闲的条椅，条椅上会有人在小坐，也有情侣躲在较暗的地方紧紧相拥。还有那些鬼鬼祟祟的流浪猫，也会在夜晚出来活动，敏捷地出没于树丛下花圃里。

非常失落的史汐汐走在 12 号楼长长的甬道里，心里还不时闪动着两个女孩的身影，她们分别是田菁和麦垛。田菁的脸是焦虑而急促的，麦垛的脸是生动而妩媚的。走廊里有很多来来往往的人，大都背着包，行色匆匆，像是逛街一样。史汐汐夹裹在他们中间，向甬道的另一端走去。在路过电梯厅时，和进来的一个人撞到了一起。此人两个耳朵里塞着耳机，勾着头，闭着眼，晃着肩，大约被歌声迷住了。史汐汐在和她交错时，不是被刮擦，而是直接相撞，是那种如果是机动车辆就可以造成事故的相撞。史汐汐下意识地说声"对不起"，就看清对方了。对方也看清他了，二人先是惊讶，后来都乐了。

"麦垛！"

"你呀？0144？"

"怎么会是你？你怎么会在这里？"史汐汐还在惊讶中。

"我就不能在这里？"麦垛把耳机抹下来，甩了下长发，"要到你家门口了，不邀请我去喝一杯？"

"好啊。"

走到 0144 门口时，史汐汐本能地放慢了脚步，他怕被对面便利店的小段发现。但还是被发现了。小段的圆脸笑成了一朵花，她大声地说："回来啦……你们，这谁呀弟弟？这么漂亮……哈，真好，来我家吃火锅！"

"我们吃过了。"史汐汐说。

"我们吃过了。"麦垛说。

"吃过也再来喝啤酒嘛……好吧好吧，你们先回家吧，下次请你们啊！"

　　进了屋，麦垛第一时间去把窗帘关闭了，还用手指拨开窗叶，向外看了看，才回头微笑着说："这老板娘真热情。"

　　"是啊，我都不敢出门了，早上还吃了她送的鸭脖子。"史汐汐开了空调，想说她的热情是有目的的，是想租他的房子扩大经营面积的，话到嘴边又不说了，他怕麦垛把租房的信息传递给田菁。

　　"你都吃了人家鸭脖子了……你应该给她吃鸭脖子。"麦垛暧昧地笑着，把包放到沙发上，没有坐，就像回到自家一样随意地来到写字桌前，看史汐汐摆在桌子上的一排计算器，单手的手指灵巧而随意地按响了一个音符，又按响了一个音符，然后就弹了一个曲子，是大弓一郎的《我家住在新浦街》。她弹得挺好，挺熟练，一听就知道她一直还在玩。她一边玩还一边看史汐汐，仿佛在说，怎么样？

　　"好极了，你比我会玩。"在麦垛的手指停下时，史汐汐夸道。

　　麦垛没有接话，目光盯着墙上的小号。小号装在圆柱形的盒子里，她是看不到小号闪闪的光泽的。但麦垛的眼里却闪着光泽了，说："我是钢琴九级。"她说着，笑一笑，又摇摇头道："真是可笑，整个小学和初中，课余时间居然都在学钢琴。我还真的认识一个吹小号的男孩子，他脸上有好多雀斑。小时候有一段时间，特别喜欢脸上有雀斑的男孩。长大以后发现男人很少有长雀斑的，真是怪事。你小号是什么时候学的？"

　　史汐汐再次吃惊了：她怎么知道他会吹小号？莫非她也曾在外边偷窥过他？史汐汐也学过钢琴。当然他没有考过九级。他连考级都没有参加过。那是他妈妈硬逼他学的。那年他五岁或者是四岁多。他一坐到钢琴前就哭。他妈妈只好打电话给他爸爸。他爸爸就劝道，孩子不愿学就不学吧。那时候他已经知道爸爸和妈妈离婚了，一个在北京，一个在深圳。他虽然不知道离婚的概念，但他知道，爸爸妈妈已经不在一起了。

"钢琴九级，那有多厉害啊！"史汐汐感叹道，"我学小号纯粹是闹着玩的。"

"厉害个屁！"麦垛口无遮拦的样子倒是更显可爱了，"小号就是用来玩玩的。比钢琴好玩。你看你，睡睡早觉，玩玩小号，玩玩计算器，吃吃便利店女老板的美食，一晃一天就过去了。这日子过的。"

史汐汐不太好对答麦垛的话，也听不出来这是好话还是坏话，便一时无语。等他想再说什么的时候，麦垛又说别的话题了，比如窗外的白皮松，松树下懒散而聪明的流浪猫，"鲁迅手迹"的咖啡。史汐汐入住小区一个多月了，遇到的都是打听他房子的人，像麦垛这样毫无目的地闲话，像麦垛这样美丽的女孩在他的空调房间里无厘头地交流，还是头一次。他没有心思去想对方的目的是什么，麦垛身上一种特有的气质已经让他脑子微醺了，对，那种酒后般的微醺，直接干扰了他的智商。

他们就这么隔着不远不近的距离说着话，有一搭无一搭的。麦垛对什么话题似乎都不感兴趣，口风变换很快，又会自觉或不自觉地变换回来。在她说话的间隙里，不时地逮一个计算器按一下。计算器会响一声，有时像惊叫，有时像呻吟，有时像喘息。

再然后，他们就坐在一张椅子上了。

是史汐汐先坐下的。史汐汐应麦垛的要求，弹曲给她听。他弹了。此前他还吹了一曲小号，是《C大调交响曲》中的小号独奏。扶着椅子的麦垛松散地立着，认真地听着，把胯送出去很远。在他吹奏的小号声中，扭了扭腰，鼓了鼓掌，向他勾勾手指，又指了指满桌子的计算器。意思是说，该你表演计算器了。史汐汐就放下小号，来到她身边，坐下了。史汐汐把计算器重新摆了摆。麦垛新送的计算器也摆上了。麦垛还帮他调整了一下计算器的次序。不知为什么，史汐汐有点紧张，可能是麦垛帮他摆计算器时，身体挤了挤他，他心里痉挛了一下，就迅速弹奏。可能是并没想好要弹什么吧，一慌张，错乱了。站在他身边的麦垛略略倾下身体，几乎俯在他身上般搂拍他的肩，柔声道："别急，放松，随便弹，随便……"

史汐汐屏息一下，才找到调调。他弹奏的是《送别》。这是最简单的曲子了。麦垛显然也会，在另一只计算器上也不停地配合着他。一曲未完时，麦垛也挤坐到椅子上了。一张椅子搁不下两个屁股，部分屁股就重叠了。两人的身体先是扭挤着，都无法把曲子弹出自然的节奏来，四条胳膊交叉着，碰撞着，手腕和手腕碰，手腕和胳膊碰。史汐汐看到，麦垛的手指纤细而红润，指甲油是肉色的。在不停碰撞时，渐渐协调了，身体也越贴越紧了，音乐声也发生了变异。后来，胳膊变成了麦垛的两条胳膊，也只是她一人在弹奏了。史汐汐的两条胳膊圈在麦垛的腰上了。最后，音乐声停了，麦垛也麻花一样地拧过身，圈住史汐汐的脖子了，两人紧紧地拥抱着。快要窒息的史汐汐把她抱到沙发上了……

他们大汗淋漓躺在空调房间里，周围的气息硬硬地冷，心里的火苗也渐渐熄灭。

麦垛躺在沙发上，身体的一半在地板上。史汐汐则完全躺在地板上了。史汐汐把手机摸到了手里。麦垛半侧着，一堆头发堆在脸上和脖子里，手指在他的肩上轻轻划动，划动，在他把手机拿到手里时，她把他的手，连同手机，按到了沙发上。

"你能做到的。"麦垛说。

"什么？"

"房子，换给田菁吧，她需要。"

"你是她派来的说客？"

"才不是了，田菁不知道我来……她也不知道我会来。"

"是田菁告诉你的，我住这儿？"

"不是，你住这儿，是我告诉她的。"

"啊？"

"你没有关窗的习惯，这不好。谁都能看到你。"

"这样啊。"史汐汐松开手，任手机滑落到沙发一角，把脸侧向着麦垛，似乎明白了什么，又似乎不明白，"田菁不知道你送我计算器？"

"本来想跟她说的……我不是在帮她嘛。可是，又不想说了。我不想她知道我在帮她。"她窝在脖子里的长发掉下来，打在史汐汐的脸上。

史汐汐咬了咬她的头发，说："牵牛花的种子真的好吃？"

"不好吃。"

"不好吃你还带那么多？"

麦垛费力把身体全部移到沙发上，重新坐坐好，拿过包，拿出食品盒，打开，捏了一小撮黑色的种子，放到嘴里嚼起来，像吃零食一样。史汐汐也爬起来了，看着她吃。

"你也住北京像素吗？"

麦垛咀嚼着，嘴里发出"呜呜"的声响，表示吃东西了，没法说话了。她腮帮还可爱地一鼓一收着。麦垛是在一边咀嚼中，到处把自己的衣服收集齐了。史汐汐把她的衣服往沙发一角拢了拢——这是不让她走的意思。

7

史汐汐找不到麦垛了。麦垛半夜还在床上的。半夜还跟史汐汐要水喝。史汐汐还喂给她喝了一大杯凉白开。可是，史汐汐一觉醒来，已经是上午十点半了，身边麦垛不见了。麦垛带走了自己的东西，除了送他的计算器，什么都没有留下，连气息都不在了。史汐汐记得麦垛说过的话。麦垛问他，左洁是谁？史汐汐说不是谁。麦垛对他的回答不满意，又问，是初恋吗？麦垛说别陷在初恋里，那是蠢孩子干的事。麦垛说这些话的时候，意识已经处在模糊状态了。她见史汐汐没搭理她，又说，警告你呀，别爱上我。史汐汐问她为什么。麦垛说别问为什么，听话就行。"记住啦？重要的是听话。"她强调道。

找不到麦垛，史汐汐很担心，也不知道担心什么，就是很担心。他给田菁发微信，请田菁把麦垛的微信推荐给他，还跟田菁要麦垛的手机号。他要找到麦垛。

"你们昨天都见面了，怎么没加微信？"田菁虽然这么说了，还是把麦垛的微信名片发了过来。但是，田菁没有告诉他麦垛的手机号。

史汐汐添加了麦垛的微信。可麦垛迟迟没有通过。她是回家了吗？一定是了。她可能是天没亮就走了。也可能是天亮后走的。史汐汐第一次觉得屋里空空荡荡的，也第一次觉得心里空空荡荡的。来北京一个多月里，他第一次没有了计划。每天，他确实像麦垛所说的那样，玩，但是他不像麦垛认为的那样，毫无目的地玩。他的玩都是计划的，给自己定计划，睡在床上，计划一天的事，练习半小时小号，玩一会儿计算器，写一首曲子，寻找自己的音乐导师。那天他从树村回来，在路上他就想好了，还要再去树村。他在树村的村头，在公交车站站台上吹奏的小号，不是告别，而是冲锋。在等候公交车的过程中，他看到对面的刚刚停靠的公交车上，下来几个身背音乐器材的青年人，吉他，黑管，长笛，甚至还有民族器乐月琴和二胡，他们应该是从城里回来的。他们是在城里录音的吗？做音乐专辑的吗？他们太牛了，那个戴墨镜、光头、背电吉他的，可能就是主唱了。还有那个女的，屁股太小了点，腰太粗了点，但她背着一只手鼓，气质马上就不一样了。他目光跟随着他们，看他们消失在村街的远处。他这才意识到，他并没有了解树村，树村不是他转一个多小时就能了解的。他目光在树村的上空游移着，扫荡着，他看到苍茫的天穹下，飘荡着无数摇滚的符号，他便决定要再去一次树村。但他今天不会去树村了，也不会实施既定的计划了。今天的计划，就是要和麦垛联系上。他担心再也联系不上麦垛了。他不能让麦垛就这么消失了。

中午时，照例是小段的敲门声。史汐汐想装作听不见。但是那是不可能的。如果他装作听不见，小段会一直敲下去。她不仅敲门，还会在门外喊叫。她又喊了："弟弟，弟弟，太阳晒屁股啦！吃东西了，瞧瞧姐给你送了什么？卤凤爪，卤凤爪太香啦，趁热！"

史汐汐只好拉开了门。他只把门拉开了一条缝。

塑料的简易饭盒里，是半盒卤鸡爪。小段挤了下眼，扮着鬼脸，从门缝往屋里望，用气声说："给你多拿几个，够不够？"

史汐汐知道她望什么，接了饭盒，说："一个人，吃不了这么多。"

"啊？一个人啊，"小段一语双关地说，"怎么会一个人？好吧好吧，一个人慢慢吃，姐把昨天火锅也给你留着了——你不来，我们就没吃。"

史汐汐没等她说完，就把门合上了。

史汐汐不喜欢吃酱鸭脖子，也不喜欢吃卤鸡爪——还凤爪，喊。史汐汐不屑地把卤鸡爪放到茶几上，一点食欲都没有。他不断地打开微信，生怕错过麦垛的信息。麦垛还是没有同意他的好友申请。倒是田菁来微信了："小史，和你爸说过啦？"

史汐汐没有回复田菁的微信。史汐汐有点动摇了，如果他不和田菁换房，小段会一直盯着他不放，一直给他送好吃的，他也很难抵挡得了她的纠缠。小段很可能很快就达到目的了。那可不行，他不可能把房子给小段开超市的。何况，麦垛说了，田菁需要他的房子。麦垛的意见很重要。麦垛的意思，让他有了动摇。

史汐汐在等待麦垛微信的过程中，有点百无聊赖。史汐汐把小号取下来。史汐汐本无吹小号的计划，他看着闪闪发光的漂亮的小号，没有心情吹奏了。他也没有心情弹奏计算器了。他立在桌子前，像麦垛那样地站立着，有心无心地按一下计算器上的数字，任凭计算器发出一个声音，只一声，像呻吟，又去按另一个计算器，也发出一声呜咽。

门又被敲响了。

史汐汐不想去开门。

但是，敲门声和小段完全不一样，不在一个节律上，是麦垛吗？史汐汐立即拉开门。不是麦垛，是田菁。这是一个意外。

田菁和那个雨夜的田菁完全不一样了，虽然也是贴门而立，虽然也是一手拿手机，一手拿伞，不同的是，伞上没有滴水，闪闪发亮的水晶吊坠上，带有阳光的气息。

"才起来——刚看到你微信。"史汐汐撒了个谎，"和家里人说了，爸说……要考虑考虑。考虑考虑……是个好事。对了，麦垛还没同意我的好友申请。"

"还考虑啥呀？好吧，确实要考虑……这死丫头，怎么回事？我微信她也没回。"田菁说，"你就这样对待客人？"

"啊……请进。"

史汐汐让进了田菁。关门时，他看到对门的小段伸了下头。她一定是好奇死了，这个女孩和昨夜的麦垛不一样啊！

"这个麦垛，怎么回事呢？"史汐汐说。

"你加她微信干吗？"田菁这才意识到什么，笑笑地说，"喜欢她啦？"

"呃……怎么会呢？就是想加她一下。"

"我打她电话。"史汐汐的一犹豫，田菁听出来了，同时她也意识到了，要想顺利地和他换房子，麦垛有可能是他们之间最好的媒介了。

但是，出人意料的是，手机打不通了。麦垛不但不接手机，田菁再打她微信时，她也不接。不是忙音或者关机，就是不接。田菁一连打了几次都不接。田菁嘀咕道："我去，昨晚又干什么鬼事去啦？睡死啦？"

史汐汐心底的秘密像被别人窥视了一样，心急速地跳了几跳，自我安慰道："可能人机分离了，等会儿看到你的未接电话肯定会回的。"

田菁低着头，在手机上快速打字，然后把内容给史汐汐看看，说："给她留言了，让她通过一下你的好友申请。莫急啊，她肯定会通过的。"

史汐汐也只能相信田菁的话了。

"窗帘闭上啦？难得啊。"田菁不改她说话密集的风格，"这就对了，拉了窗帘好，你能看到外面，外面人看不到你。不拉窗帘正好反过来了。不是你自个儿拉的吧？谁帮你拉的？今天有什么安排？"

"拉个窗帘多大事啊。"史汐汐嘴上这样说，心里还是慌了一下，觉得田菁是不是什么都懂啊，"没有什么安排——本来想去一下树村，又不想去了。"

"哪里？"

"树村。"

"没听说过。树村，挺奇怪的村名。那就不打扰了，换房子的事，你一定要努力啊。"田菁往门口走，路过写字桌时，看了眼那些计算器，随手按一下，计算器发出了一声响，"我要去麦垛家，把她从床上拉起来。"

"她……也住在像素？"

"她呀，狡兔三窟。耶，卤凤爪啊。"

"我不爱吃，送你了。"史汐汐终于找到买家了。

"不想吃还买？哦，我晓得了，对门送的？那归我啦！"

田菁的话，终于让史汐汐不吃惊了，她都能猜出窗帘不是他拉的，更就知道小段经常请他吃东西的事了。

"你说要去麦垛家？"史汐汐问。史汐汐真心想跟田菁一起去。

"开个玩笑的。走啦！"

送走了田菁，史汐汐给他爸爸打了电话，说了换房子的事。他爸爸先是不同意，后来问问原因，也没有觉得不妥，就让他自己决定了。他爸又问他工作的事。他说正在和朋友打理一间音乐工作室。他爸叹一口气，说打小你就爱音乐，可又不愿学钢琴，就喜欢吹小号，当时真应该让你去学小号。唉，你妈那个人啊，比你还固执，说不学钢琴学什么小号？钢琴是正经的乐器，小号算什么？男孩子吹个小号，像个什么？你看你，最终还是靠小号闯天下。算了算了，不说这个了……你妈也是为你好。史汐汐听不得爸爸的唠叨，敷衍两句，赶快挂断了手机。但接下来的一天，史汐汐手都没有离开手机，他怕麦垛突然就会通过他的好友申请而给他来一条信息。

8

　　直到晚上，不，是深夜了。麦垛才通过了史汐汐的好友请求。而且，马上就开聊了。这让史汐汐非常开心，先感谢她送了计算器，又说当他发现她离开时，心里是多么的失落和想念。麦垛不接他的话茬，问他和田菁的房子换好了没有。各自关心的问题不同，回答也都模棱两可、言不由衷。史汐汐要回赠她礼物。麦垛好奇地问他准备送什么。他说了几样，巧克力、鲜花，她都不要，手机也不要，请吃饭也不吃，送衣服，被笑话成太俗气。史汐汐只好说："你说吧，要什么我送什么。"

　　"当然有意义的东西了。"

　　"啥呢？"

　　"我也没想好。"麦垛说，"我想想啊……想什么你就送什么？"

　　"当然。"史汐汐肯定地说。

　　"此话当真？"

　　"当真。"

　　"那我说啦，不许反悔。"麦垛说，"我要一管血，你送我一管血，把你身上的血抽一管给我。别的都不要，只要你的一管血。"

"什么？"史汐汐以为听岔了。

"一管血！"

这肯定是开玩笑了。史汐汐心想，就算不是开玩笑，也太容易做到了，不就是抽一管血吗？便马上答应了。史汐汐还想继续聊。麦垛说不聊了，夜已深，明天还有事，早点休息吧。挂断手机以后，史汐汐看看时间，确实已经过了午夜了，那就睡吧。可他却失眠了，想睡也睡不着了。一直到天快亮时还无法入睡，脑子里依旧都是麦垛的影像，各种像素的麦垛在他脑子里依次呈现，他想象不出麦垛是何时发现他不爱关窗帘的臭毛病的，也想象不出她为什么要把这个发现告诉给田菁。看来田菁要换房的念头她早就知道了，或者说，就是她唆使田菁换房的。可她为什么要他的一管血呢？这算什么礼物？也许这就是她和别人不同的地方吧，也许这就是她特殊的个性吧，也许这就是麦垛吧。如果她要的礼物和别人一样的庸常，一样的俗不可耐，那她也就是一个庸常的人了，就是一个俗不可耐的人了。一管血的意义就不一样了。血是自己生产的产品，是独一无二的，无可替代的，那才是最贵重的礼物啊！他摸了摸心跳，拭了拭胳膊上的脉跳，感受一下血从血管里流出来的感觉，确实很刺激。麦垛睡了吗？麦垛知道他失眠了吗？他要把失眠的事告诉她，让她知道，他为她而失眠了。他看看时间，马上就到凌晨五点了。他又发了条微信给她。让他非常失望的是，他的微信发不出去了，出现了一个带惊叹号的红点——她把他删除了。这就是故意删除了。啊？怎么会这样呢？几个小时前还聊得好好的，还要他一管血作为礼物的，这天刚亮，就删除了，就拉黑了。那她为什么要他一管血？一种不好的预感迅速涌上了史汐汐的心头，一管血，成了一种意象，成了一个征兆，他整个人突然被一管血给淹没了。

史汐汐第一次在早上五点钟起床。

一夜未眠的他，没有一点倦意，很亢奋地来到对面 5 号楼，敲响了 1106 的房门。

原本，他可以不来敲田菁的门，可以给田菁打个电话。可打电话不可以完全表达他的情绪。

门开了，穿白色一字领睡衣的田菁睡眼惺忪地说："知道就是你，麦垛让你来的吧？家具不需要换，我也不带走，都留给你，你可以拎包就住。当然，需要什么我再给你买。"

史汐汐不想解释不是麦垛让他来的，但从田菁的嘴里听到"麦垛"两个字时，他还是鼻子一酸，差点没控制住眼泪。史汐汐忍着心中的悲伤，说："我爸同意换房了。没有人让我来。是我自己来的。"

"麦垛没加你微信？"

"加了，又删了。"

"你删的？"

"她删的我。"

"哦——"田菁退后一步，"来屋里说。"

田菁的屋里够整洁，和她人一样的一尘不染。格局布置简直就像复制一般，和他的房间如出一辙，底层当作客厅，一张沙发一个茶几一个写字桌，那么卧室也在楼上了。不同的是，墙上贴着许多画稿，都是线描画，有彩色的，有黑白的，非常精细，非常漂亮，还有一组漫画，是模仿台湾漫画家蔡志忠的风格，幽默而夸张，共六幅，表现的是什么内容，史汐汐无心欣赏了。

"要参观一下吗？"田菁说。

"不用。"

"今天就搬吗？"

"可以。"史汐汐很爽快，他的心事完全不在搬家上。

田菁吁一口气，脸上的表情不再紧绷着了，显露出一丝轻松的笑意，热情地说："你请坐。我洗把脸，给你烧水泡茶。"

"不用。"史汐汐看着田菁，面色严峻地说，"你要帮我一件事，带我去见麦垛，就算是求你了……我要送她一管血。"

"送她一管血？为什么？"田菁虽然这样问了，表情也并不吃惊，或许在她看来，麦垛有什么样的要求都是正常的。

"欠她的礼物——她送我一个发音计算器，很漂亮的计算器，我要还她礼物。"

"噢，知道了。"田菁若有所思地说，"她跟你要了一管血，然后又把你从朋友圈给删除了，是不是这样？我去，她真想得出来。"

"你答应啦？"史汐汐迫不及待地问。

"答应。可是，你怎么把身上的血弄出来？"

"我想过了，我可以去献血。我献过血之后，让护士给我留一管。留一管自己的血，他们不会不给吧？"

"听起来没毛病，你可以试试。"田菁从抽屉里取出一把钥匙，说，"这样好不好，明后两天就是周六周日了，我想把我的培训班在 0144 早点开起来——对了，我有六七个跟我学画画的孩子，都是上门辅导的。从明天开始，就让他们集中上课了。我今天就要搬到 0144 去，不然来不及了。这是我门上的钥匙。应该还有两把的。我这把等我搬完了再给你，还有一把我放朋友那里了，过几天也要给你。我今天搬家，明后天都要上课，怕帮不上你的什么忙了，你这两天抓紧去搞一管血——我们各忙各的。"

史汐汐听从了田菁的安排，回家整理东西了。他和田菁商量好了，除了自己的衣服、小号和计算器，其他东西都留给田菁。同样的，田菁也只拿走日常用品和教学用具，其他东西也不搬，留给史汐汐。

从田菁家离开后，看看时间，还是五点多，许多人还在睡梦中。

史汐汐没有急于去献血，因为他知道，再怎么急，现在的医院里也只有急诊，献血的业务只有到上班以后才可能开展。史汐汐在小区的绿化带里徘徊了一会儿，决定还是回 0144 整理东西。他来到门口，怕惊扰对面便利店的小段，便蹑手蹑脚地取出钥匙，准备开门。却听到便利店里正在发生激烈的争吵，伴随着摔东西的声响。他听出来了，大嗓门的是小段。小段在漫骂和诅咒，咬牙切齿的那种。另一个声音自然是皮蛋。皮蛋声音虽然小，似乎抓住了什么理，也得理不饶人地和她纠缠，反复说着什么。小段显然是不耐烦了，"砰！"又一个什么东西摔碎了，像是啤酒，声音挺脆。史汐汐听了听，听不清他们的话了，便小心开了门，进屋了，还在心里说，对不起了小段，房子不能租给你们啦！

9

从自己身上抽取一管血，难为了史汐汐。

背着小号的史汐汐，已经在北京的街头转了整整一天了。在深圳的时候，毫无预兆的，就会在街头和献血车不期而遇。北京的街头，居然没有一辆献血车。青年路的大悦城、大望路的万达广场、三里屯的太古里、常营的天街，这些热闹的街区广场都有可能是献血车停靠的地方，可偏偏都让他失望了。

奔波了一天的史汐汐，不断地看手机——他又多次添加了麦垛的微信，一整天了，麦垛都没有通过。他也打过电话给田菁。田菁正在忙着布置教室，她要把0144的底层，布置成教室的模样，不仅是那六七个孩子要在周六周日来上课，她还要利用那六七个孩子，招揽更多的生源。所以，仅仅是小课桌和小凳子，从采购到布置，就够她忙活的了，何况还要给教室布置出一种适合儿童心理的环境呢。即使这么的忙碌，田菁还是帮他一起寻找麦垛了。田菁告诉他，她也打不通麦垛的手机了，不但手机打不通，微信也打不通了。麦垛究竟遭遇了什么，让她把微信和手机都停掉了。史汐汐想象不出来。田菁也想象不出来。田菁说现在她也帮不上忙了，只有等他把自己的血搞一管出来，再带他直接去找麦垛。史汐汐知道田菁说得有道理。可他总觉得田菁没有尽力——可以先带他去找麦垛啊！找到麦垛再回来收拾教室啊！但史汐汐还是接受了田菁的安排，毕竟，田菁腾不出时间是一方面，另一方面，田菁也要留好充足的时间和麦垛沟通啊？不沟通好，就贸然带人去她家，不仅不礼貌，还有可能引起更大的误解和麻烦。

　　转眼就到周日了。这两三天里，史汐汐一直到处奔波，也一直魂不守舍。其间，妈妈给他打过一次电话，询问音乐工作室的事。妈妈一定是和爸爸联系过了，不然她怎么知道音乐工作室？他只和爸爸说过，而且是随口一说的。妈妈的关心，比爸爸更具体些，她问音乐工作室主要都做些什么性质的工作。他说搞一些原创歌曲，传到网上。这个不算撒谎，他确实也这么办过。妈妈是做生意的，关心的是他的收入，就问音乐工作室的赢利模式是什么。史汐汐没有这个概念，含糊其词地就怼了他妈几句，就知道钱钱钱，难道生活中除了钱，就没有情怀和理想了吗？他妈妈不和他争吵，说需要钱了，妈支持。现在他不需要钱，他来北京时，所带的钱还没用完，和田菁换房子，田菁又付了他半年的差价。现在他需要的是和麦垛见面。从那天夜里开始，麦垛就是他生命的一部分了。麦垛离开他，他身体的一部分也随之离开了。他觉得麦垛不是要真的离开他，麦垛的离开，和跟他要一管血，都是一个道理，都是在考验他，是故意给他创造爱情的难度。她跟他要一管血，血脉相通，是有象征意义的。

　　又是深夜了，史汐汐才从外面回来。他一个人喝醉了，在地铁的长椅上睡了一觉，直到地铁最后一班车，他才被工作人员叫醒。

　　什么时候下雨了。小雨，唰唰唰的。史汐汐没有带伞，小号也起不到伞的作用。他在北京的街头，踽踽独行了一会儿，不知道这是哪里，四周完全是陌生的场景，全是陌生的灯色。他很快就被淋湿了。路上几无行人，车辆也不多。好在小雨很快让他清醒了。他叫了一辆车，把他送回了北京像素。

像素的小雨似乎更大一些，有人在南区和北区中间的步行街上奔跑。也有打着伞的、和他一样夜归的人。在他面前，就有一胖一瘦的两个女孩，合打一把伞，穿着都很经济，那个胖子的虎皮花纹的短裙，似乎连屁股都没有遮住，瘦子穿一条牛仔短裤，短到看不见裤腿，两边的屁股各露出了三分之一。不知为什么，这两个洋溢着青春活力的女孩，其欢乐的步态和亲密的行状让他非常伤感地想起了麦垛，尽管她们和麦垛是完全不同的着装风格。麦垛你在哪里呢？是正在雨夜中行走，还是孤独一人地待在房间？他跟随两个女孩走在像素的灯色中，走了一截，从 10 号楼通过之后，他看到她们向 2 号楼方向走去了。

史汐汐没有回 5 号楼 1106，他轻车熟路地来到 12 号楼 0144，他原来的家。

皮蛋倚靠在 0144 的门上，在手机上玩游戏。便利店已经关门打烊了。皮蛋看史汐汐身上都湿透了，一脸懵地尬笑，跨出两步，把史汐汐家的门让出来，又倚到自家便利店的门上了。

史汐汐没有钥匙，他只好敲 0144 的门。田菁忙了一天，可能睡死了，没有立即开门。倒是把便利店的门敲开了。小段没有像以往那样，跟史汐汐满脸堆笑地说话，而是一把拧住了皮蛋的耳朵，把他往便利店里拖，边拖边说："让你滚蛋你他妈怎么还赖在我家门口？姐好吃好喝地供你，是叫你给姐丢人败脸的啊！你，跟，我，进，来！"

小段把皮蛋拖进便利店，拿脚后跟关上了门。

便利店里响起"噼噼啪啪"声。史汐汐只听到噼噼啪啪声。史汐汐猜不透便利店里发生了什么。小段知道房子没戏了，所以骂起皮蛋来，都不像是在骂皮蛋，都像是在骂别人。

0144 的门也开了。田菁看是史汐汐，小声说："是你啊？以为谁在吵闹呢，进来。"

史汐汐看屋里全变了样，沙发挪到一边了，十几张小方桌、小方凳整齐地排列着，墙上贴着许多画，一看就是儿童们画的作业。

"怎么这时候来呀？还背着小号。"

"你也不是在雨夜里敲我家门的吗？就不许我半夜来找你？"

田菁笑了，看他憔悴、疲倦的样子，立即给他倒一杯水，关心地问："没吃饭吧？找点东西给你吃啊？"

"不饿。"史汐汐说，"麦垛出事了。"

"啊？你怎么知道？"

"肯定出事了。"史汐汐哽咽着，说不下去了。

"找到她啦？送了她一管血？"

"没有。我想她应该出事了。两天都没有她的音信，肯定出事了，出事了……她要血干什么？肯定缺什么要什么呀？她有可能已经流尽最后一滴血了。"史汐汐控制不住，失声痛哭了。

原来不是真出事。田菁松了一口气，她抹去史汐汐脸上的泪水。史汐汐脸上的泪水真多啊，刚抹去又涌了出来。田菁眼里也闪着泪光了，她安抚他道："麦垛不会出事的，她可能有点事，但不是你认为出事的那样的事，流尽最后一滴血，亏你想得出来，惊悚小说啊？麦垛可不是出事的人。她比我坚强多了。这样吧，明天是周一，上午我没有什么事，我陪你去搞血……我想想啊……有了，我们一起去医院，你要进行一次体检，体检就会抽血，就可以跟医生要一管血了。拿到血，我再陪你去找麦垛，好不好？"

"你能找到麦垛？"

"试试吧。"

史汐汐点点头，抹去脸上的泪。又背过身去，继续抹泪了——他怕田菁嘲笑他。其实田菁还是嘲笑他了，一秒钟之前，还同情他的田菁，果然发出"哧哧"的笑，她像是自言自语地宽慰道："至于嘛，多大事啊？"

10

史汐汐拿到一管血，基本上没费多少周折。

医院体检区域的人特别多，排了长长的队。他挂号，填身份证号，拿表，填表，第一项就是抽血。

在准备排队等抽血的时候，他问一个医院的志愿者，抽血时，能不能跟护士小姐要求多抽一管。志愿者问他干吗？他说带走。志愿者说应该不能。史汐汐说为什么？我的血为什么不能给我一管。志愿者说医院应该没有这项服务。史汐汐就担心地问田菁怎么办？他还给自己出主意，最简单的办法就是趁护士不注意，偷走自己的血。他又自说自话道，这办法肯定不行，万一被抓住了后果肯定很严重——偷自己的血也是偷。田菁跟他使了个眼色，他没有会意，还是一副忧心忡忡的样子。田菁就把史汐汐拉到一边，附在他耳朵边小声地说："知道为什么来这家医院吗？那个抽血的护士是跟我学画画的学生家长，已经微信说过了，你递上体检表，表上有你的名字，她到时候自动就会给你多抽一管血。你什么话别说，谢谢都不说，也不要看人家，拿了血就走。知道啦？这是违规的，别多言多语丢了人家的饭碗，也防止有人告发你，要记住哦。这就好比是地下工作者的接头，要保持冷静。"

史汐汐忐忑着去排队了。差不多要排到他的时候，他悄悄观察了一下负责抽血的女护士。戴着口罩的女护士有一双沉静的眼睛，从她很熟练、稳重的操作中看，确实像一个潜伏在对方阵营的我方人员。

顺利地拿到一管血的史汐汐就像拿到了一支爱情神箭，神采奕奕地跟在田菁的身后，憋不住还是问了："麦垛住在哪里？"

"像素，她也住在像素——跟我走。"

"就在像素啊？"史汐汐的这一声叫，暗含着抱怨、惋惜和不甘，明明人就在像素，却让他等待了两三天。

"不是你想的那么简单，跟我走就知道了。"快走出医院时，田菁又回头跟他说，"她连我的电话都不接，微信都删了，能见你吗？你知道我带你去见她，承担多大的风险吗？说了你也不明白。等你明白了就不怪我了。等你不怪我的时候，可能就要感谢我了，也可能更怪我了。你别再问那么多了。"

"就像刚才抽血一样？我们怎么像是一个秘密工作者？"

田菁放慢脚步，跟他微笑着点点头："正是。"

听了田菁的话，史汐汐心里反而有点紧张了。是啊，索要礼物有要一管血的吗？有自己玩失踪的吗？细细思之，简直就是咄咄怪事啊，不是秘密工作又是什么？但马上就要见到麦垛了，还是挺激动的，又不想在田菁面前过于表露出来，突然想起麦垛把牵牛花的种子当成零食吃，就假装轻描淡写地问："牵牛花的种子好吃吗？"

田菁很敏感地看了看他，问："谁告诉你的？"

"没有人告诉——随便问问。"

"牵牛花的种子是一味中药，又名黑白丑，不顶饿，不解渴，吃了也不死人，但吃多了会有致幻功能，一些脑残的人会吃——我以前就是脑残。"田菁的叙述很平静，"麦垛告诉你的吧？她肯定没说我好话。"

史汐汐马上觉得田菁理解错了。田菁以为麦垛会说到她。但他也不想解释了，马上就要见到麦垛了，他要保持期待的情绪，不想搞砸了。

他们出了医院大门，打一辆嘀嘀车，回到像素了。

麦垛就住在 12 号楼，和他住同一幢楼。这又让史汐汐惊奇了。原来相隔那么近，早知道这样，他在电梯口守株待兔也能等到麦垛啊，他一个房间一个房间地敲，也能把麦垛给敲出来啊。

田菁和史汐汐上了电梯。史汐汐看田菁按了 17 层。田菁说："估计我会犯错误……也不知道是不是犯错误，随他去吧……这都是为了你。"

12 号楼 1743 室的门被敲开了。看来田菁和麦垛还真是好朋友，很熟门熟路的样子。此时已经过了上午十一点。门里有人问话："谁？"

"我，田菁。"

门开了一条缝，门缝里镶着一张新鲜的脸，应该是刚化好妆吧，粉白红润的脸，假睫毛浓得要往下滴油，大眼睛忽闪着，打量着田菁和田菁身后的史汐汐，问："找谁？"

"麦垛。"田菁说，"麻烦你叫一下麦垛。"

"谁是麦垛？"女孩提高声音说，"唤，找麦垛。"

那个叫"唤"的声音更响："死了。"

"唤，是我，田菁。"田菁也大声说。

"我去，菁菁啊！"屋里响起杂沓的脚步声，随即，在那张脸的上方又镶了一张脸，一张更漂亮的脸，她嬉笑着说，"哪阵风把咱们菁菁给吹来啦？咦，还带了果儿。男朋友？带男朋友来摆脸，拉仇恨啊？当心被抢了。"

"别闹了，"田菁说，"真找麦垛，有事。"

"谁不想找她？都五天不见她鬼影了。"唤在跟田菁说话，眼睛却一直盯着史汐汐看。

"谁呀谁呀谁呀？"屋里又响起一阵凌乱的脚步声，一只手把唤的脑袋往下按，又一张脸镶到了门缝里，"耶，菁菁啊，我说是哪位贵客呢，你这个小婊砸，还知道这儿是你娘家啊，带着果儿显摆来啦？会不会把你打死啊？"

镶在门缝里的三张脸都笑了。

"你先忙啊，"唤说，"我们也要有事啦，麦垛要是回来，我告诉她。不送啦！"

镶在门缝里的三张如花似玉的脸同时消失了，门也带情绪地响起了"砰"的一声。

门是关起来了，空气里弥漫的甜腻的粉香味和唇膏味还没有消散。田菁朝着紧闭的门摊一下手，又转身朝史汐汐摊一下手，意思说，怎么样？知道我为什么不带你来了吧？史汐汐面无表情——他的心凌乱了，一时想不明白都遇上了些什么人，她们的话云山雾罩，真真假假，但最终表达的意思他是明白的，麦垛也从她们的住处失踪了。他青着脸，手里还拿着一管鲜红的血呢。他莫名地紧张着，那管从他体内抽出的血，感觉还是温热的，此时也不知如何安放了。

回去的电梯上，田菁不说话，史汐汐也不说话。史汐汐感觉田菁被侮辱了，又不知如何安慰她。还是田菁打破了沉默，说："你回家还是要出去吗？我不能陪你了，下午三点就有课，我要准备准备。"

史汐汐没有接话，他还没有从刚才的情绪中走出来，更没想好接下来要干什么。

田菁看看他，看看他手里的那管血，像是担心，又像是不放心，欲言又止犹豫着，最终还是说："来我这儿吃午饭吗？"

"不吃。"

他们在电梯厅分了手。

11

史汐汐没有回家，他在"鲁迅手迹"里喝了一杯咖啡，还吃了他们家特别供应的一份三明治，回家，背上小号，去树村了。他在去树村的路上，拿出耳机，戴上，和手机连到一起，听他收藏在手机里的世界小号名曲50首。他学会小号后，提升的主要渠道就是听。他在大学期间的主要爱好就是听曲。他几乎把所有的业余时间都用来听曲了。许多世界小号名曲，他不看乐谱就能哼上来。听完之后，他再模仿。他的一点点的进步，就是一边听一边模仿而来的。

史汐汐倒了三次地铁一次公交，来到了树村的街头。一路上，公交车从繁华的市区，驶过一片林子，又穿过一片果园，驶进了树村的中心街道。树村不像他第一次来时那么陌生了，虽然房屋依然破旧，空气却清新异常。在他下车的公交站台上，依然能看到三四个身背吉他或其他乐器的音乐家。史汐汐记得上次去过的那个四合院，他对那个四合院留下的印象算不上好，但那儿算是他的故地了。

转了一条巷子，没有发现那个四合院。这条巷子里有两家小饭店，一家理发店，一家小超市，还有一家专卖服装的铺子，从一个类似于仓库的一排红砖红瓦的旧房子里，传出了乐曲声，那里应该有乐队在演奏吧？架子鼓在密集地敲击，双簧管在吹奏，还有两把吉他不同的声调。这是一曲他没听过的曲子，热情而激越，有排山倒海之势。门和窗都紧紧地关着了，声音听起来有些闷。他几次想去敲门，几次又收手了。音乐没有停，他怕打断人家的演奏。巷子里没有一棵树，滚滚热浪在巷子里翻涌，有一条脏兮兮的黑白相间的土狗伸着鲜红的舌头趴在不远处的一个门槛下。他身上很快就被汗水浸透了。

史汐汐还想去那个四合院，可是他记不得路了。他重新来到树村的主街上，根据公交车站台来辨别、判断方位，然后，走进了另一条小巷。

这条巷子和刚才的巷子长相差不多，不，简直就是孪生兄弟。巷子两边的房子，依然是布满灰尘的红砖红瓦，依然一棵树都没有，依然有零星的几家店铺，依然有一条狗趴在某一个门檐下。原来，树村不仅房子一样，就连小巷也一样。巷子里，总是响起若有若无的音乐声。其实整个树村的上空，都有这种声音。他往巷子深处走去，在一个破院子门口停住了。这个院子有一个砖瓦结构的门楼，塌了半边，斑驳的红漆大门也歪斜着。从塌了半截的矮墙上望进去，那四间正房也有一间的房顶上塌了一个洞。在东厢房的门口，有一根晾衣绳，晾衣绳上挂满了衣服，男男女女的都有，有一件白色 T 恤上，印着两个大字"果儿"。最惹目的，是几乎满院子的牵牛花。野生状的牵牛花藤藤蔓蔓恣意生长，一丛开蓝花，一丛开红花，还有一丛蓝花镶红边子。史汐汐头一次见到成片的牵牛花，虽然暴烈的阳光，把花儿都晒蔫了，还是姿色嫣然，满院灿烂。史汐汐想起麦垛随身带的一盒牵牛花的种子，觉得牵牛花也奇妙了起来，就从歪斜的门缝里钻了进去，随手采了几朵没有晒蔫的牵牛花。就在他把牵牛花放在鼻子底下嗅嗅的时候，就在他遗憾牵牛花怎么没有香味的时候，他的额头被飞来的一个空啤酒罐击中了，随即响起一声大叫："盗花贼！"

史汐汐捂着额角，看晾衣绳下站着一个女孩。这个女孩也像是一件晾晒的衣服，随着那些衣服在飘动。

　　"对不起对不起——我是开个玩笑。"女孩一脸抱歉的样子，跑过来了，她看史汐汐捂在额头上的手指缝里渗出了血，惊吓地说，"我不是故意的……我从来没这么准过……你受伤啦？"

　　史汐汐认出她来了，她就是上次在四合院里一边弹吉他一边唱歌的女孩。没错，她嗓音是低沉的、沙哑的。她住这儿？史汐汐虽然感到额头隐隐作痛，还是笑着说："我见过你的。我听过你唱歌，你唱歌棒极了！"

　　"是吗？在哪里？网上？你有过打赏？哎呀，流血了……"她拉了拉史汐汐，说，"过来，我可能有创可贴，给你包扎一下。"

　　女孩把他拉到东厢房里。

　　厢房里正开着空调，虽然杂物堆满了房间，那音响，那两个麦克风还有几把吉他和电脑让史汐汐感到非常的亲切。史汐汐被女孩安顿在沙发上——沙发上有个洞——他就坐在那个洞里，因为没有洞的地方放着吉他和摇铃。女孩穿一条肥大的白裤衩，穿露脐的灰色 T 恤，正到处找创可贴。一堆泡面盒被她划拉到一边了，一堆空啤酒罐被她划拉到一边了，一堆杂物被她划拉到一边了，不知从什么地方，还真让她找到了一个创可贴。女孩赶快跑过来，用面巾纸拭去了血，在伤口处贴上了创可贴，她的手触碰到他脸上时，有种硬硬的凉。史汐汐感觉到她手的凉度了。他不知道她的手为什么那么凉。她凉凉的手似乎有止疼作用。他的额头不怎么疼了。

　　"好了。"女孩歪着头，站在他面前，审视着他。"你背着什么？小号吗？"

　　"是，我是吹小号的，我想到树村来发展。"史汐汐知道这是个机遇，直白地说，"可是我刚来，什么都不懂？你能帮帮我吗？"

"到树村来？"

"是啊。"

"吹小号？"

"是啊。"史汐汐以为有希望了。

女孩把两手抱在胸前，嘴角牵起一丝微笑，脸色渐渐变得不屑起来，说："看样子才毕业吧帅哥？还是没毕业？要是没毕业就回去好好念书，把文凭拿到手。要是才毕业，我劝你还是老老实实找份工作干，干什么都行，送快递都行，只要能吃上饭就好。树村，你了解多少？树村不是你来的地方。我不想害你。小号是干交响乐的，当然也能干爵士乐，这里没有交响乐队，也没有爵士乐队。也许以前有。但是树村已经不是以前的树村了，以前的树村也不是现在的树村了，能走的都走了，走了也不回来了，能来的也不来了，留下的都是渣，你看，我就是渣，你还往火坑里跳？我马上要去录音了。我们加个微信吧。对了，我叫夏回，夏天的夏，回来的回，好记，夏天回来的意思。"

史汐汐被她密集的话语震住了，一时不知如何回答。

叫夏回的女孩以为他拒绝要加微信，把拿出来的手机又收了回去，说："还有事？"

"你就不能推荐一下？你认识那么多人，那么多朋友……你肯定有关系。"史汐汐的声音近乎乞求了。他没有接受她加微信的请求。他想，如果她愿意帮他，他就加微信。如果不帮，加了又有什么意思？照样会像麦垛那样，把他拉黑的。

她脸上的怒气消失了。

史汐汐看她脸色好转起来。就像不知道她为什么突然生气一样，也不知道她脸色为什么突然好转。

"好吧，我再问你，你在大学的专业是什么？"

史汐汐真不想说，但他又不想撒谎，只好实话实说："经济贸易。"

"我刚才说的交响乐，你知道？"

"知道。"这太小儿科了，史汐汐想。

"爵士乐呢？"

"知道。"

"知道多少？"

"哪一种？交响乐还是爵士？"

"随便，就说爵士乐吧。"

史汐汐想想，记忆里的那点关于爵士音乐的知识渐渐开始浮泛，选词择句地说："爵士音乐起源于美国，爵士这个词应该是法语 jaser。美国南方的几个州说法语的比较多，jaser 就是七嘴八舌的意思，也有闲聊、瞎侃、贫嘴等意思。一些黑人中的音乐爱好者经常凑在一起随意地弹奏，唱着即兴创作的歌，杂七杂八的，随手拿起身边的东西敲敲打打，算是伴奏吧，就像许多人你一句我一句的聊天……"

"好了，差不多了，后来就把这些杂七杂八的东西演进成了钢琴、班卓琴、小提琴、萨克斯管、小号、长号、黑管等乐器。那么，你吹一段吧，要短，要最拿手的。"

史汐汐赶快拿出小号，吹了一曲《卡萨布兰卡》。可他刚吹了个开头，女孩就一挥手，一握拳头，眉头就皱了起来，说："好了。我最初的判断是对的，别再浪费时间了，恕我直言，你不适合吹小号。再见！"

就这么再见了？他还没发挥呢。史汐汐很不甘。可女孩已经下逐客令了。

"你要想来玩随时欢迎，我也会有啤酒供应你。"女孩又冲着他的背影说。

走在树村的街道上，脸上流的不知是泪水还是汗水。本来他不想来树村的，知道来了也不会有好结果，可他还是来了。他手里拿着一把牵牛花。他来到树村唯一的公交站台上，把牵牛花揉成了一团，那流下的汁液，把他的手染成了紫红色。此时他看看天空，天空也是紫红色的。天又要变了，又一场雨在孕育。

12

又是深夜了。

回到北京像素的史汐汐百无聊赖地穿行在各种灯影中。他没有回5号楼1106。他习惯上还是往12楼那儿走。但他还是醒过神了，他走错了，那儿已经不是他的家了，已经变成一个专事培养儿童画的绘画教室了。他想折回身。但折回5号楼1106就是睡觉。他现在不想睡觉。他还是来到12号楼0144室的窗外。他来找田菁。

田菁的儿童画培训班早就下课了。屋里的灯还亮着，窗帘紧紧地关闭着，田菁在干吗呢？在画画，还是在批改孩子的作业？史汐汐觉得这一个月来的经历，比他以前所有的经历都丰富，都操心，都让他感慨。都想跟田菁说些什么。可说什么呢？有什么好说的？后悔换房子啦？就算后悔了也没办法了。别的话他还没有想好，他也不想细想。他又转身离开了。但他还是没有回家，他来到花园的白皮松下，坐在那条常有流浪猫玩耍的白色长条椅上。此时的流浪猫不知躲到何处了，可能知道天要变了吧？

　　隔着一点距离，他可以直视爸爸给他买的房子了。透过折叠式的窗帘，他看到有人影在闪动，那应该是田菁了。田菁还在收拾教室吗？她是个很好的姑娘。他想，她有现实的目标，有具体想做的、能做到的事。他呢？他有什么？想做什么？他什么都有，又什么都没有，他有想做的事却做不成。他有些累了，脑子里次第出现雨夜的景象，那是他和田菁的第一次见面，贴面而立的田菁，既憔悴又紧张，拿着伞的手都在颤抖，那晶亮的水滴就像伞流下的泪水。她是鼓着大勇气才来敲门的？他居然没有同情她，没有怜悯她。迷迷糊糊中，他回到5号楼1106了。回来就被吓住了，家里有人。他看到门后有一只旅行箱，茶几上有一只包，沙发上堆着女人的衣服，卫生间里也有人在淋浴。谁在家里？田菁？只有田菁手里有备用钥匙。他不便去卫生间查看，看到茶几边的废纸篓里扔着一个香蕉皮，还有一个塑料食品小盒，小盒里是牵牛花的种子，牵牛花的种子洒出了一多半。麦垛？原来是麦垛回来啦？他惊喜地跑到卫生间门口，想猛地拉开门，给她一个惊喜。不，那不是惊喜，那应该是吓她一跳。但他还是克制住了，便轻轻地敲着门，叫道：

"麦垛!"麦垛显然受到了更大的惊吓,在大叫一声之后,"哈哈"地笑了,还把门拉开一条缝,露出半个脸,朝他扮了个鬼脸。天啦,那不是麦垛。那是一个陌生的姑娘,一个他从未见过的陌生而恐怖的脸。他吓得大叫一声,一屁股坐到了地上。

"怎么在这儿睡着啦?会着凉的。"田菁什么时候站他面前了,"喊谁呢?做梦啦?"

"嗯嗯……做梦了。"史汐汐还在梦境中没有出来,他身上出了一身汗。不知是冷汗还是热汗。他紧张地看着田菁。田菁在他头上打着一把伞,是她平时随身带着的那把伞,伞柄上有一个水晶小吊坠,在远处灯光的映照下,正一闪一闪地耀着晶光。又下雨啦?没错,下雨了。史汐汐不知道睡多久了,可能有一会儿了,也可能一会儿。他看着伞沿不断滴下的水珠,看着田菁淋湿的臂膀,看着田菁眼里的莹光,突然伤感了。

"回家睡吧。"田菁说。

他想说句感激的话的,但他说不出来。他看一眼田菁,抱着脑袋,半天才哽咽着说:"我想回一趟深圳。我想妈妈了。"

史汐汐觉得说错了,他心里想说的不是这个话。他心里想说什么话呢?他也不知道。他勾下了脑袋。田菁摸摸他的头,靠他近一点了。他把脸贴到她小腹上,搂了搂她,然后紧紧搂住她了。他感觉她肌肤绸缎般的光滑、柔韧和结实。一恍惚间,他把她当成麦垛了。麦垛的肌肤也这样的。他明知道她不是麦垛,他还是心愿这就是麦垛了。

小雨突然下大了,雨水打在伞上,发出"哗哗"的声响。

史汐汐突然跳起来，跑进了雨中，向 5 号楼跑去。

"嗨，给你伞。"田菁惊慌地叫道。

雨中的史汐汐，迅速被黑暗淹没了，又迅速出现在灯光中。他身影模糊，身体蜷缩状地奔跑着，时而黑暗中，时而灯影中。黑暗中他是一团黑影。灯光中，他四周都是飘飞的亮亮的雨线。田菁看他的影子闪了几闪，消失不见了。

第二部

13

史汐汐感觉头疼，身体发冷，动一下，全身也都是疼痛的。史汐汐有点紧张，觉得是不是病了。他试图坐起来。他只是有了坐起来的愿望，就觉得受不了了，头更沉了，疼的地方也更疼了。不仅是疼，还特别的难受，还犯恶心。真的病了。昨天晚上，他从田菁的身边跑走了。他还后悔当着田菁的面说想妈妈的话了。真是太脆弱了，太没见过世面了，太没经过风雨了，太没面子了。可现在，他更想妈妈了。是不是还做过一个梦？好像是做了个梦，梦见了什么，他也忘了。

虽然忘记了一些事，史汐汐还算清醒。史汐汐把手机拿在手里，想了想，没有给妈妈打电话。他知道，打电话给妈妈，只能增加妈妈对他的担心。妈妈也不可能从深圳来北京照顾他的。他想到了爸爸。从距离上讲，爸爸能过来的。可爸爸更忙。再说他心里是排斥爸爸的。爸爸在北京有了家了。他不想让爸爸分心，让爸爸再为他操心。他在排斥爸爸的同时，也认为爸爸很不容易。其实他最想把自己的生病告诉的人是麦垛。麦垛可能比一味治病的良药还有特效。或者，麦垛就是一味良药。可他找不到麦垛了。昨天深夜的雨中奔跑，他把那管血扔掉了。去树村的时候，他把血带在身上的。在树村，他没有把血拿出来。在地铁上，他也没有拿出来。回到像素，他还是没有拿出来。那管血，就在他裤子的口袋里，有几次，他都摸到了。摸到了，他也不想拿出来。拿出来，他就会更多地想到麦垛。当然，放在口袋里也会想，只是想的力度会弱一些。麦垛像从人间蒸发了一样，从这个城市消失了。那管血还留在身上，似乎麦垛就有可能再现。但是，他在雨中奔跑的时候，掏出那管血，随手抛到了雨夜的空中。史汐汐最后还是打了个电话，他打给了田菁，他告诉田菁说："我头疼。"

"感冒啦？"

"应该是。"

"等着，我就到。"

田菁是带着早餐来看他的。田菁给史汐汐带来了肉包子和南瓜粥，甚至连免费供应的小咸菜都取了点。这是田菁爱吃的早餐。她也想当然地以为史汐汐也爱吃。

田菁来到 5 号楼 1106 室门口，敲门没人应。她就从包里拿出备用钥匙——幸亏她留了一把钥匙。一进入熟悉的房间，田菁就感觉气氛不对，有种缺氧般的压迫感。田菁心里"咯噔"一下，看到史汐汐蒙头盖脸地睡在毛巾被子里，知道史汐汐真感冒了，比她想象的严重多了。她放下早餐，坐到床沿上，拍拍他，很轻柔，很用心。隔着被子，田菁都感觉到他身上的火烫。再摸摸他的脑门，吓了田菁一大跳，这温度也太高了，会不会出事啊？会不会把他给烧傻啦？而史汐汐的反应也只是"哼哼"了两声，嘴里咕哝着，好像只是表示还活着，又好像在说"你来啦"，又好像什么也没说。田菁安慰他道："好好躺着啊。"田菁首先想到的是他的体温，想着给他降温。便去找体温计。田菁记得她是有一支体温计的，就放在写字桌的抽屉里。可打开抽屉，快速翻动抽屉里的杂物，怎么也找不见了。这才离开多久啊，抽屉里的东西就有了陌生感了，虽然全是她的东西，甚至也有她感冒去医院看病的诊断纪录，却像看到别人的东西一样陌生。她快速翻找，没找到体温计，却找到了一盒感冒胶囊和半板头孢，还有她藏在抽屉最底层的一沓照片。照片装在一个垃圾袋里，是高铁上用的那种垃圾袋，鼓鼓地装了她不少照片。她警惕地看一眼史汐汐，想把照片随手藏到身上，可想想，觉得不妥，又放回原处了，拿出了感冒胶囊和头孢。上次她生病，就是吃这两种药的。她觉得也能吃，至少会退烧。

田菁再次坐到史汐汐床沿上时，手里已经拿了一瓶矿泉水了。

"小史，史汐汐。"田菁的声音很亲切，很温柔，"吃药来。药来了。吃了就好了。"

史汐汐坐起来时，田菁还搭了他一把。

史汐汐睁开眼，这才说："你来啦？"

"可不是，敲了半天门你也不开，幸亏我有备用钥匙。放心，你不在时我不会来的。快把药吃了。"

史汐汐吃了药，喝了水。田菁又要他吃饭。他不吃，还要躺着。田菁不依，一定要叫他吃点，哪怕只喝点南瓜粥也好。最后史汐汐还是吃了南瓜粥，是分三次把一份南瓜粥吃完的。史汐汐在吃南瓜粥的时候，真是费劲啊。他一点也不想吃，嘴里没味，苦。但是田菁又是哄又是劝，还有威胁和利诱，有时像姐姐来命令，有时又像妹妹来撒娇，有时又像情人来体贴，能用的本事全都用上了。看着他最终还是吃完了南瓜粥，田菁心里宽慰了很多。田菁把水放在他枕头边上，要求他一定要多喝水，然后出去给他买水果了。

　　一会儿，田菁就回来了，买来了好几样水果，杨梅啊，荔枝啊，黄瓜啊，火龙果啊，还给他带来一大杯橙汁。她无数次地听人说过，感冒的人一定要多吃水果，多喝水。所以又叫人送上来一大桶纯净水。她还去了趟"24小时药店"，买了一支体温计，还咨询了药店工作人员，感冒发烧可不可以吃头孢。在得到肯定答复后，又买了一盒头孢。

　　田菁给史汐汐量了体温。可能是吃药起了作用了，史汐汐的体温并没有高得离谱，38度还不到。田菁放心了，也许再过一会儿就全降了。田菁把体温计放到抽屉里，就是她以前放体温计的那只抽屉。现在，她可以从从容容再检查一遍抽屉了。她被那叠照片吓住了。照片按说没什么吓人的。可对田菁来说，她不想被别人看到这些照片，尤其是不想被史汐汐看到。幸亏史汐汐被麦垛迷得心神不安，没有仔细动过抽屉，否则，发现一个女孩偷藏这么多照片，虽然不是什么见不得人的照片（没有裸体照不雅照），但是，也会从照片上发现她的某些秘密的。田菁从垃圾袋里再次拿出照片，选了其中的三张，抽出来，藏到了身上。田菁又在抽屉里翻了翻，她没有再发现什么不能见人的东西，却意外地找到了以前的那支体温计。田菁愣了下神，兀自笑了笑，觉得刚才被史汐汐的感冒吓住了，慌张了，沉不住气了，就在眼面前的东西居然都没有发现。

田菁这才有机会帮史汐汐整理一下房间，把随意丢放的小号、计算器等物品归位，把灶台上的垃圾清理清理，还把他乱扔的几件脏衣服拿到卫生间，放洗衣机里洗了。又抹抹桌子拖拖地，看看时间已经快十点了。史汐汐是在田菁忙碌的过程中，从床上爬起来的，到楼下的沙发上坐着了。田菁一边忙活一边问他怎么样啦。他直接就说好了。田菁知道他并没有好，病来如山倒，病去如抽丝，怎么那么快就好了呢？

"辛苦你了。"史汐汐说，他有点不好意思。

"不辛苦，手到擒来。你等会儿再睡一觉。有事打我电话。"

"不用你来了……"

"我要不来，你连药都找不到。就在抽屉里啊。"

"我都没看过抽屉。"

"可以看呀，怕什么，房子都归你了，什么就都是你的了。"田菁嘴上这样说，心里的那点关于照片的小心事还是放下了，"别出门了，在床上躺着，手机也别玩，休息要紧。中午我带饭给你吃啊。"

"我自己点外卖——已经太麻烦你了。"

"这叫什么麻烦，我要是有什么……病啊什么的，你就不帮我啦？"

史汐汐看着田菁，不知要说什么了。他似乎有话要说。可他不想说。如果田菁是麦垛就好了。可田菁就是田菁，她永远不会变成麦垛。她也不会有麦垛那样的魅力，不会像麦垛那样的性感。说真话，如果不是麦垛，他是不会和她换房的。但是现在想这个已经没劲了，更是没必要再说了。房子已经换了，他的房子已经变成了一间儿童画教室。他也睡在了别人的房子里了，并没觉得不方便的。

田菁临出门时，再次让史汐汐量了体温，36度6。田菁放心了，说："烧退了，不错不错，午饭后再把药吃了巩固巩固，就彻底好了。"

14

史汐汐忽冷忽热的高烧持续到了第二天上午才完全稳定下来。

在这一天多的时间里，史汐汐的烧忽而36度多，忽而39度多，极不稳定。除了昨天晚上要教孩子画画没有办法脱身外，田菁几乎都来照顾他。史汐汐还不好意思，觉得太麻烦人家女孩了，觉得自己还行，虽然开始没顶住，后来也没那么脆弱了。但当田菁不在的时候，他心里又空得很，拿过小号，玩了玩，把小号送到嘴里，又没有力气吹了。放下小号，再把计算器在桌子上摆成了他习惯摆成的样子，准备弹奏一曲。弹奏什么呢？他心里一点谱都没有了，张开的双手在计算器上比画了几下，终究没有落下来。小号没有响，计算器也没有响。再然后，他想起田菁提到的抽屉了，提到抽屉里的药了。他说他就没动过抽屉。其实他动过了，他刚一搬进来就动过了，看到那几样药了，更是看到那一包照片了。照片都是田菁的单人照居多，只有三张合影照，虽然只有三张，都是和同一个男青年照的。那个男青年神采奕奕的，肿眼泡、大鼻子的特征很明显。其中的一张照片上，肿眼泡青年的一只手还搭在田菁的肩上。他按原样放回了。他知道那是田菁的东西，不知道什么时候，她会来拿的。他要是乱动了，她就知道了。她要是知道他动了她的东西，那多不好？这次田菁特意提到了抽屉，意思并没有秘密。史汐汐还是好奇了，便又抽开抽屉，翻了翻，发现照片还在。再看看照片，少了三张和男青年的合影照。史汐汐脑子里开始联想一些事情，联想了那个男青年可能是她的前男友什么的。史汐汐觉得田菁把照片拿走了，是怕他看到他们的合照吧？他又看了看田菁别的照片。他发现田菁的照片比她的人要好看。田菁要是麦垛多好啊。史汐汐思想有点错乱了，觉得不能再想着麦垛了。史汐汐便拿起小号。这一次，他把小号吹响了。

田菁又来电话了，还是老问题，问他还烧不烧了。他说完全不烧了。田菁又问他中午怎么吃，他说想出去吃。

"好，你自己管好自己吧。"田菁说，"下午要新来几个学生，我得准备准备。"

中午刚过，史汐汐突然想吃东西了。这是个好兆头，说明发烧完全好了。想吃就吃。他叫了肯德基的外卖，要了他最爱吃的全家桶。他明知道吃不了这么多，还是要了个大份的。他想起小时候和妈妈一起吃肯德基，妈妈都是要全家桶的。妈妈只吃一点点，剩下的他都一扫而光了。别看他块头不大，挺能吃的。

想起妈妈，妈妈电话就到了。他知道妈妈最关心他的只有两件事，一是工作，二是女朋友。以前妈妈每次问起这两件事，都是小心谨慎的。因为他会怼妈妈。他也最烦这两个问题了。这次也不例外，妈妈先是假装关心地问他中午吃了什么，又问他缺钱吗，在几个老套的问题之后，开始切入正题。

"儿子，工作找好了没有啊？也别找自己喜欢的，先找个累不着的，干着再说，钱多钱少无所谓。"

"找好了，已经干着了。"这次史汐汐没有不分青红皂白地怼他妈妈，而是善意地撒了个小谎，"在一家艺术机构里，教孩子们音乐呢——就是小号。工作就在像素小区里，这家艺术工作室是综合的，有绘画，有音乐……绘画嘛，什么都有，儿童画、国画、油画，音乐也是杂，小号、钢琴、吉他、古筝什么的，乱七八糟的，我就教教小号……目前还只有一个学生，周六下午教一个小时。"

"就一个学生？能挣到钱吗儿子？没钱跟妈说啊。"

"饿不死。"史汐汐不耐烦的情绪刚有了点苗头，马上就被他压住了，"一对一教学，收费高。妈你放心，现在还在招生中，下周学生就多了。"

不出所料，妈妈又问他女朋友的事了。史汐汐说没有女朋友。史汐汐说不急。史汐汐使出他屡试不爽的招法，说妈没事我挂了啊。就挂了。

肯德基全家桶也适时地来了。这一款是他最喜欢的，有黄金脆皮鸡块5块，有香辣鸡翅6块，有醇香土豆泥一份，有香甜粟米棒一段，还有1.25L瓶装可乐。这一两天生病让他口味全无，也没吃什么东西。见到全家桶，他开始大吃起来。眨眼工夫，就干掉了4

块鸡肉块和 4 块鸡翅，土豆泥也一扫而光，可乐也喝了一半。但是，余下的，他实在吃不动了。看看时间，才下午两点半，何不去田菁的儿童画培训班看看呢？对呀，为什么不叫少儿艺术工作室？少儿艺术工作室多高大上啊，比培训班好听多了。史汐汐便把余下的脆皮鸡块、香辣鸡翅和香甜粟米棒带上，出门了。

已经有好几个孩子来上课了。

史汐汐站在窗外，看到田菁挨个在画画的孩子身边做指导，没好意思去敲门，觉得这样会打扰她的。但田菁还是看到他了。田菁朝他招手，示意他进来。

史汐汐便绕进走廊里。

儿童画培训班对面的便利店开着门。史汐汐不想让店里的小段和皮蛋看到他，一闪身就推开门，进了画室。

画室里的空调很好，温度适宜，除了几个孩子在认真地画画，还有四五个家长，也坐在一边，既是等着自己的孩子下课，也顺便带有监督的意思。

田菁招呼一声史汐汐，让他到家长那边坐着，便继续指导孩子了。

史汐汐把手里提着的纸袋子放到冰箱上，那是他吃剩的肯德基。然后，开始观察田菁的教学。田菁教孩子确实有一套，声音甜美，有针对性地逐个对孩子加以指导。儿童画也没有多么复杂。本来孩子们的天性就爱涂涂抹抹，画什么也都好看。田菁只是自己画了一张，按在前边的画板上作为示范，让孩子们照着画，主要是训练孩子们对色彩的敏感和图画的间架结构。孩子们一边画，一边接受她的指导，都一副专注的样子。没用多久，史汐汐就看懂田菁教学的路数了。

　　事实上，史汐汐对儿童画培训班的教程，前几天就已经有了了解，除了周六周日是全天候外，平时有两个上课的时段，一个是下午六点前，另一个是七点后。六点前这个班的上课时间，是从下午三点就开始了，孩子大多是幼儿园或小学低年级的孩子。七点后就没有幼儿园的孩子了，基本上都是低年级的小学生了。每个班的人都不多，下午班五六个，晚班也五六个。

　　下午班结束前，史汐汐突然听到门外响起尖厉的责骂声。史汐汐一听就是小段。史汐汐感受过小段的爆发，那是针对皮蛋的。史汐汐自从没有把房子租给小段，而是换给田菁搞儿童画培训班，总好像欠了小段什么。毕竟是小段先提出来要租他的房子的，而且为了能租到他的房子，也付出了具体的努力——几次送来了鸭脖子。其实不仅是吃了她几次鸭脖子那么简单——虽然史汐汐有苦说不出，并不是自己想吃，是小段硬塞给他的——还有另一件事一直膈应着他，让史汐汐无法言说，心里有愧，有鬼——就是小段要买冷藏柜时喊他到便利店，征求他冷藏柜放在哪里合适，小段热情地从他身边挤过去，假装无意地拿饱满的丰胸来挤他的胳膊，他感受到了她胸脯的挺拔、柔韧和弹力，还感受到她丰胸挤压时那几分之一秒的停顿。其实他可以躲一下的。他没有躲，还享受了她的挑逗，感觉到了耳热心跳，那心里的鬼，便长期住下了。自那以后，他再见到小段，甚至从便利店门口经过，"鬼"就在心里提醒他一次。这突然的责骂，又骂谁呢？史汐汐心里毫无缘由地紧张一下。正好家长们带着孩子出门了，史汐汐看到小段拿着笤帚在追打皮蛋。而皮蛋狡兔一样地从她笤帚底下跑走了。可能是看到突然涌出的孩子和家长吧，小段停止了追打，同时也看到了史汐汐。小段挂着笤帚倚靠在便利店的门上，挺着傲人的胸，脸上露出轻蔑的笑，故意把这个霸道的造型展示给史汐汐看，仿佛在提示着史汐汐。史汐汐在移开目光前，小段那轻蔑的笑更加的轻蔑了。史汐汐就算是移开了目光，还感受到轻蔑的目光一直追随着他。

田菁送走了家长和孩子们，进屋后，反身关上了门，直奔冰箱上的纸袋，说："带什么好吃的？"

"肯德基全家桶，没吃完，给你留一点。"

"亏你还有点良心想到姐，谢谢啊。"田菁已经拿起一个鸡翅吃了，"烧完全退啦？哈，还是我医术高明，也是你年轻，抵抗力强。"

可能是学画的孩子们都散了吧，小段的责骂声又爆发了。这次她骂人的技巧得到了淋漓尽致的发挥，听起来像是骂皮蛋的，每一句都像，又不像是骂皮蛋的，每一句又都不像。最后，小段骂道："你还想要什么你这个臭不要脸的，吃了姐的豆腐吃过就忘啦？掉了个屁股就忘了？吃狗肚去啦？吃狗肚子里狗还会摇摇尾巴，你这个不要良心的，连狗都不如！对你说皮蛋，这次姐是动真格的了，别给脸不要脸，别让姐再看到你。滚，有多远滚多远，我这儿不是你的饭店！"

史汐汐听得真真切切。田菁也听得真真切切。史汐汐觉得他前半段是指桑骂槐，后半段指向皮蛋也不过是掩耳盗铃。田菁听不懂，她说："对面这小两口真是烦透了，三天两头吵闹，吵闹过又好，好过又吵闹，比刚才骂得狠的还有，就像闹着玩儿似的。而且，对我一点都不友好，我好脸朝她笑，故意到她店里买东西，都不讨她的好。有一次，还把她门口的垃圾，直接踢到我的门上。她家的垃圾我认识，真是气死我了。"

"跟这种人有什么好计较的？别理她好了。"史汐汐知道小段对田菁不好的缘由，但他不想把缘由告诉田菁。那样，田菁会觉得她欠了他什么。其实就算没有田菁，他也决不会把房子租给小段开便利店的。

"才不去跟她计较了，谁有工夫啊！"田菁吃完了，开始整理小课桌小椅子。其实都很整齐，根本不需要整理。但她还是习惯性地重摆一下，好像这样就心安似的。重摆之后，她朝他笑笑，说："对了，我这边事情越来越多了，学生成倍增加。你要去找工作上班吗？要是在家待着，和以前一样待着，可以过来，帮我照看一下——也没有什么太多的事，过来就行，我开你工资。嘻嘻，开你多少工资啊？你说，说多少我开多少。"

史汐汐想起来和妈妈通过的电话，觉得在田菁这儿帮帮忙也没什么不好，料想也不会有什么大事，或许还能和麦垛邂逅。至少在以前，麦垛一直住在这幢楼的楼上。她要是哪天心血来潮了，回来了，有可能来找田菁，他也就有可能再见到麦垛。想到麦垛，史汐汐心里又隐隐作痛，有一种塌陷般的虚空，更像是缺少了某个支点，慌慌的——真不是想忘就能忘了的，便勉强说："好呀……不过我不会画画，教不了孩子们画画。但是我可以学画画……对呀，你可以招个学小号的，这个我懂，我来教。也可以招个想学计算器音乐的，这可是我的拿手好戏！"

"不行不行，哈哈，谁学计算器啊，那算不上正经音乐的，亏你想得出来——不过小号不是不可能。可是……算了算了，还是先稳定我这儿童画吧。我这儿确实需要一个管理员，你还没说要开你多少工资呢？一个月三千块怎么样？包吃，嫌不嫌少啊？确实不多。"

"三千不少了。我又不能干什么……我能干什么呢？"

"干什么你看着干，其实也不知道你能干什么。你来了就行。我们就算是合伙人了。"田菁诡秘地一笑，"说不定，能碰到你想见到的人啊……这个麦垛，真是气死我了，说没影就没影了。不会出什么事吧？她能出什么事啊，我最了解她了，她就是小妖、精怪、小魔头。小史，你就在我这儿候着，总有一天，她会像那只奔跑的兔子一样，一头撞到我这棵大树上的。而你就是那个农夫，守株待兔的农夫。"

"无所谓，她爱来不来？"史汐汐言不由衷地说。

"当真？"田菁的口气有点调皮。

当然不能当真了。从田菁的口气中，史汐汐也知道田菁都没有把他的话当真。史汐汐正为难着如何回答时，门外又响起小段的骂声了："皮蛋，皮蛋，小狗吃的你还回来呀，正好有一单货，快给送走！"

15

接下的日子，史汐汐果真如田菁所安排的那样，每天来儿童画培训班上班了。也不是踩着点来。上午更是很少来。不过下午一般都在的。下午有一段时间，就是四点钟之前，教室里比较冷清，只有他和田菁两个人。田菁会忙自己的事，准备教案，会和家长们聊微信，在朋友圈里发孩子们的画，还要编发公众号，反正都是围绕她的工作的，包括招生啊，谈价钱啊，维护生源啊，和家长沟通啊。史汐汐都帮不上忙。田菁也没安排他帮忙。他也没准备帮她。他没有把小号带来。小号放在 5 号楼 1106 室了。他把计算器带来了，不是一个，而是六个（包括麦垛送的最新款）。在这段冷清的时光里，史汐汐会弹奏计算器，一曲或者两曲，有时也练新曲子。一旦有学生或学生家长来了，他就不弹了。也有几次，被学生和家长听到了，看到了，他们都很惊讶，都没想到计算器还能弹奏，还有这种功能，还能发出如此美妙的声音，还能充当音乐器材。有好动、好奇的学生会调皮地在他计算器上按一下，小脸兴奋得通红。但是，他都会在这时候，把计算器收到柜子里，他不想因为自己的爱好而影响田菁的工作。

碰到麦垛的概率，史汐汐知道很小很小。但他确实有过这样的幻想。特别是在他弹奏计算器的时候，希望麦垛会突然出现在他面前，那该是一个多么神奇的场景啊，该给他多大的惊喜啊。事实上，很多时候，他的弹奏，感觉都是弹奏给麦垛听的。他也会尝试着给麦垛的微信发一条消息。麦垛微信的回复都是一个鲜亮的红点，表示他已经被对方拉黑的红点，像极了红绿灯中的红灯。他看了看，数了数，红红的亮点已经有了16个了，整齐划一地排列着。他想刹住车，不再给她发微信了。16个红灯还不能说明一切吗？他也会尝试着打麦垛的电话。田菁告诉他的那个号码，一直都是"你拨的号码不存在"。

时间真是快，一眨眼，秋天到了，树叶黄了。又一眨眼，黄叶随风飘落了，北风开始萧瑟起来。在这段时间里，田菁的事业突飞猛进，儿童画培训班的下午班和晚班的孩子都增加了好几个，周六周日更是一天开了三个班。史汐汐觉得自己也帮不上什么大忙（偶尔搬搬纯净水、摆摆桌椅、扫扫地什么的），反而有点碍手碍脚的感觉，便选一个好天气，去西郊的香山玩了一天。玩开了头，又接连地去了故宫、北海、十三陵水库等地方。寒风渐渐刺骨的时候，2019年还剩下最后半个月了，元旦近在眼前了。史汐汐在妈妈的催促下，要回深圳了。史汐汐的妈妈知道北京的冬天，虽然屋子里暖和，室外却天寒地冻，空气也不好，和深圳相比，还是相差甚远，便一再催促他回深圳过冬。史汐汐当然想回深圳了。可他告诉妈妈的工作是在一家艺术培训机构做小号老师，经过几个月的演绎，他手里的学生，早就由一个变成六七个了。如果立即答应了妈妈，他就要丢下他的学生了。史汐汐就深切地感受到撒谎带来的危害。撒了一个谎，就会有无数个谎言为前边的这个谎来圆场。现在，在妈妈的催促下，他不想圆了，向妈妈说了实话。

"我猜就是这样，你爸说了，你把房子和人家交换了，给别人开了艺术培训班……"

"我也不是什么都没干，我算是和她合伙……帮她做做管理工作，就是不教小号而已。"既然是讲真话，史汐汐就把真话说到底了。

"明白明白，既然是合伙，就得好好做，妈支持你。"

和母亲通过电话后的第三天，史汐汐就找田菁辞工作，同时妈妈也给他订好了回深圳的机票。

田菁说你回家可以，不用辞职，工资照发。

史汐汐也没有过分推辞。他明知道田菁这儿的所谓工作，不过是田菁对他的关照。他更知道自己不想找工作，不再对小号迷恋，只沉溺于自己的世界中，愿意接受空虚、孤独、无助和无聊，甚至对什么都没有兴致，都是因为麦垛。而田菁似乎也知道他的心思，不再在他面前提起麦垛。渐渐的，麦垛只存在于他的心里了，只是他心里的一块痂了。他也知道田菁知道他的心思，他更知道田菁感觉到他和麦垛之间肯定发生过什么了。他在某些特定的时候，比如教室里一个孩子都没有、只有他和田菁的时候，比如田菁请他吃饭、喝咖啡的时候，比如夜晚在小区里散步的时候，也希望田菁跟他聊聊麦垛，或聊聊前途、理想什么的。但田菁似乎也无意聊这些，她的心思里，全是培训、教学、孩子、钱，全是如何和各色家长打交道。他还知道，田菁愿意发他每月三千块钱，加上换房补贴的差价（这笔支出不算少，也不算多），说好听点，是田菁对他的照顾，说世俗一点，是在利用他，利用他的房子，难道不是嘛，如果不是他的房子，她的儿童画培训班就无从谈起。还有一种利用，也是他后期感觉到的，就是，有他待在田菁身边，对她也是一种保护——不明就里的人，还以为他们是情侣呢。事实也确实给人造成这种错觉，许多孩子的家长都是这么认为的。田菁也会在某些时候做出肢体和语言上的暗示。当然，他也清楚得很，明知道被田菁所利用，他也只能这样接受了。生活的惯性很可怕，在什么都明白的情况下，他既无力做出改变，也不想去改变。回深圳过冬，恰好给了他一个逃避的机会。

"后天回深圳了。"史汐汐跟田菁辞去工作的开场白是这样说的。

"啊？"田菁感到突然，"深圳有事？"

"没有事，到年底了，回家玩玩。"

"想妈妈啦？"田菁想笑。田菁差一点就要笑一下了。不是笑话他的那种笑，就是姐姐爱小弟那样的关心的笑。但她怕他误解，把都要笑出来的笑又收回去了。

果然，史汐汐脸红一下，说："妈妈想我了。妈妈给我买的机票。"

田菁乐道："好呀，后天就走啦？那——明天上午出去转转啊？三四个月了，我们是不是合作有三四个月啦？还没有一起出去玩玩呢。前一阵都你自己到处跑了，我也没时间陪陪你，实在是对不起啊。"

"哪有对不起啊——不用陪，我喜欢自己转。一个人，躲在哪里望望呆，挺好的。"

"那就定了，明天，我和你一起去望呆。"

史汐汐没有继续答话。没有答话，就是同意的意思了。但是，辞职的事，还没说啊。

"有一个事，"史汐汐想着措辞，说，"我回家可能要待一阵子，一个月或两个月说不定的，可能要冬天过了再来，我不在这段时间，工资就别发了。"

"本来那就不是工资……工资是我开玩笑的，就是给你点零花钱，我还会按时打到你卡里的。"

"不不不……"

"这就别说了，我能挣钱，能把培训班开起来，还不都是你。"田菁一笑道，"想想明天的事，到哪里玩。"

昨天说的明天，眨眼就到了。早晨，田菁穿上她新买的羽绒服，给史汐汐发微信，要去三里屯玩。她想好了，去三里屯，中午一起吃吃三里屯的网红馆子。然后，在那一带使馆区的街道上随便走走。那一带的街道不宽，树大，绿化带多，人流少，挺安静的。

"不想去了。还没起床呢。"史汐汐回复道，"你自己去吧。"

"自己玩有什么劲？这不是要陪你嘛，你就要去南方了，这一走，你说要过年后才回来的，陪你出去转转，吃吃饭，也算是送送行嘛。"

"好吧。"史汐汐很勉强，"那你等我啊，别，我出门直接去地铁口，十五分钟后吧，咱草房地铁站 B 口见。"

田菁立即就出门了。她等了一会儿，计算着史汐汐所说的时间，应该到了。可史汐汐还没有影子。田菁就觉得时间很慢，还觉得，也许史汐汐不是怕起床，压根儿就不想出去，或者不愿意和她一起出去。确实，史汐汐出现的时候，她看他无精打采的，软塌塌的，像没睡醒一样，还把小号给背上了。田菁感到奇怪，好久都没摸小号的史汐汐，怎么又背起小号啦？这又要玩哪一出？

史汐汐看田菁不停地看他的小号，说："我有个好地方，离三里屯不远，有个农展馆，馆里有一个湖，我两个月前，在湖里还看到过野鸭子呢，还有芦苇，还有荷。我想到湖边吹小号。好久没吹了。你要一起去吗？"

"当然是一起去啦。你到哪我到哪。"田菁虽然这样说，但她知道了，史汐汐是真的不想和她一起出门的，他宁愿去湖边吹小号，也不愿意陪她逛逛街。逛街，必定会有话说，也必定会商量某些事情。吹小号，就纯粹是以他为主了。他可以什么不用说，也不用做，只顾吹小号就可以了。

史汐汐其实并不像田菁所认为的那样，或者说，他意识里、主观里，没有那样想。他想吹小号，想恢复他以前的爱好。只不过他已决定要把小号带回深圳，有可能会和以前的几个号友联络，在一起玩玩小号。这才想到好久都没碰小号了，会不会太生疏啦？便借着和田菁出去的机会，找找吹小号的感觉。再说，三里屯也没什么好玩的，使馆区的街道除了人少安静，也就那个样。农业展览馆的湖边，至少还可以吹吹小号，便想当然地认为那是个好地方，那个地方适合吹小号。两个月前，他无所事事地跑了北京好多个景点时，确实误打误撞地看到农业展览馆后边的那片湖，湖边高大的树木，树木下一些藤蔓和湖边茂密的水生植物，还有一些鸟，大的小的，在树上的，在湖边的，在芦苇里的，他只认识野鸭子。有两三只一群，也有单独一只的。他停下脚步，看看它们，看它们在水里扎猛子，看它们在近岸的芦苇和草丛里觅食。湖边树下有不少供游人休息的条椅，他就坐在视线好的条椅上，想着，可以吹吹小号的。可他小号没带上。没有带上也不要紧，他就模拟着，吹了一曲，又吹了一曲，直到肚子饿了的时候才离开。

这一次，他把小号带来了，不过是顺应着他个人的思路和情绪。至于田菁的感受，他真的没有去想。

<h1 style="text-align:center">16</h1>

首都机场的候机大厅太大了。史汐汐在空旷的候机大厅里走了好多路，才找到他那个航班的登机口。现在，离他登机的时间还有一个多小时，他便坐在椅子上休息。周围有很多人，看手机的居多，只有个别人在使用电脑。他不想玩手机，朋友圈里也没有他想看的信息。他只带很少的行李，一个双肩包，还有一个小号。

昨天，史汐汐在农业展览馆的湖边吹小号，一点也找不到从前吹小号的感觉了。从前他吹小号，多有激情啊，多投入啊。他吹了一曲《那些年》，完全不是从前的状态了，不知吹到哪去了，有两次都找不到音节了。接下来他没有再吹，呆坐了一会儿。田菁倒是鼓励他继续吹。田菁说难得专心致志地听你吹小号。史汐汐在鼓励中，心情好了些，可还是不对，连气息都乱了。史汐汐心情大为不好，觉得回深圳，带不带小号都无所谓了。但是，早上在整理行李时，他还是毫不犹豫就带上了小号。虽然，吹小号，仿佛是久远以前的事了——带上小号，那久远也就不太远似的。

早上出门打车时，突然接到田菁的微信，说身体不舒服，就不送你了。史汐汐这才觉得，田菁还是关心他的。同时又觉得，他是不是冷落了田菁？

机场播音员又在播出登机信息了。

史汐汐身边的人开始骚动起来。他看了看登机口屏幕上的登机信息，不是他的航班，是他前一班的航班，也是去深圳的，比他的航班早飞五十分钟。他心想，航班要能像公共汽车那样，遇到哪一班就上哪一班多好啊，他就可以提前五十分钟登机了，就可以提前五十分钟到深圳了，也就可以提前五十分钟见到妈妈了。他就十分羡慕地看着长长的队伍，看着慢慢向前移动的人流，从后向前看，毫无预兆地，有一个背影，从他的视线里跳了出来，特别是她侧面的轮廓，多么熟悉啊，这不是麦垛吗？天啦！史汐汐的心跳骤然狂奔起来，立即大喊一声："麦垛！"

可能是相隔较远吧，也可能是过于激动和紧张，他的声音有点变调了，连他自己都听不出来是他的声音了。

"麦垛！"他又大叫一声，向检票口追去。

机场播音和他的声音同时响起，他的声音又被混淆了。

果然，麦垛没有任何反应，很从容地移到了检票口，检了票，进了闸口。

史汐汐边跑边又大喊一声。

史汐汐的大声喊叫引来许多人的目光。他看到麦垛也侧脸向队伍里看了一眼。

"我在这儿。"史汐汐跳过一排座椅，向闸口冲去。

　　史汐汐看到麦垛已经走在那截短短的过道里了，马上就要走出候机厅了，他加快了奔跑的速度，就在麦垛即将下楼梯的时候，他又大叫一声："麦垛！"

　　麦垛这回看到他了。但是，麦垛像没看到他一样，眼神是疑惑的、惊异的，也带有一点迷惘。她一只脚已经踩在了下楼的楼梯上了。她就是带着疑惑、惊异和迷惘的目光，没有任何表示地消失在出口处了。

　　史汐汐的心像是一脚踩空一样，悬在了半空。麦垛并没有理他。这才多久啊，才几个月啊，就不认识他了。史汐汐记得她的发色，是浅浅的酒红色，现在还是浅浅的酒红色，别的都没有任何变化，还是那样的眉眼，还是那样的神态，不过是把那身迷人的夏装，换成一件考究的姜黄色大衣罢了。史汐汐知道了，麦垛无视他，是故意的，故意假装不认识他。试想一下，连微信都拉黑了，手机号码都换了，为何还要在机场邂逅呢？就算是邂逅了，也要斩断那根情丝。如果说，以前联系不到她，还保留有希望。现在找到了，她还是像毁掉所有的联络方式一样来拒绝他，那就是进一步证实她的态度了。

17

　　鼠年春节过后，一场意外的新冠肺炎疫情席卷全国，在疫情防控的一级响应中，史汐汐被困在了深圳。

　　还是在刚回深圳的时候，史汐汐和田菁通过几次电话。也没有什么大不了的事，史汐汐不想说什么，主要是听田菁说。田菁也无非是说说对面的便利店，说说那个叫皮蛋的，皮蛋最终还是被小段赶走了。后来受疫情的影响，送货人奇缺，骑手越来越少，又厚着脸皮请回了皮蛋。总之，便利店这小两口子不是在过日子，就是在搞笑的，就是在闹着玩的。说过了便利店，再说儿童画培训班，说史汐汐认识的几个孩子的画，还选了几幅有趣的儿童画发给史汐汐看。史汐汐开始没准备说麦垛，没准备说他在机场看到麦垛了。但田菁也一直不提麦垛，通了几次电话都没提麦垛，史汐汐就忍不住先说了，说那天在机场候机时，邂逅了麦垛。

"麦垛去深圳啦？"田菁吃惊地问。

"是啊，我看到她了。叫了她好几声，她只是看我一眼，假装不认识了。"事到如今，史汐汐对麦垛的怀念以及因怀念而产生的伤感，已经被时间的流水稀释得很淡了，口气里更多的是无奈。

"这家伙，原来去了深圳，怪不得我在北京挖地三尺都找不到她嘛。"田菁说的是大实话，她在史汐汐走后，确实又打了麦垛的电话，麦垛的电话还是停机的状态，又试着用微信联络她，也是杳无音信。她甚至还打听了几个麦垛从前的朋友，也是毫无头绪。听了史汐汐的话，她也吃惊了，"你说麦垛……她假装不认识你？"

"是啊。你能猜到她在深圳哪里吗？"史汐汐还是心存侥幸，希望田菁能提供有效的信息，提供麦垛在深圳的社会关系，以希能在深圳找到她。

"这个还真不知道。我对她在深圳的事毫不知情。"

"你能帮打听一下吗？她那些朋友……就是咱们楼上的……也

许会知道。"史汐汐明知道她们也不一定知道麦垛在深圳的社会关系，但还是提出了这样的请求，有点死马也当活马医的意思。

　　田菁答应了他。但田菁也没有把握 12 号楼 1743 里住的女孩们会不会帮她，她们多半也是不知道麦垛在深圳的社会关系的，而且那是合租房，人员变动很大，她和麦垛共同认识的姑娘有没有住在那里还难说呢。

　　在这以后，史汐汐还和田菁经常保持着联系，只是他们不再说麦垛了。田菁帮没帮他打听麦垛在深圳的下落或社会关系，他也无从知道了。其实，田菁不主动说，他也就知道结果了。或者说，田菁要是知道麦垛在深圳的落脚之处，她会主动告诉他的。不久后，疫情暴发了，他们更多的是说疫情，互相报告着两地的疫情防治和感染人数，互相报告着小区对疫情的管理，特别是田菁，她相当于租住了史汐汐的房子了。为了方便办理小区的通行证，史汐汐又和她补签了租房手续。由于房本就在 12 号楼 0144 的抽屉里，史汐汐只是把身份证拍照给她就可以了。史汐汐还出人意料地关心了田菁的儿童画培训班。培训班当然停止了。田菁说这也是没有办法的事，何时能开班，只能听上面的。到了三月上旬，北京的疫情管理已经趋于常态化。他们的聊天，又着重在返京和复工上了。返京是可以返了，只需要出示原住省份的健康码即可，然后在家隔离。关于复工，田菁告诉史汐汐，还没有接到教育部门的通知，她的儿童画培训班也就无法有准确的开班日期。史汐汐知道这些情况后，再次让田菁别再每月发他那三千块钱了，还说既然无法开班，已经拿到手的每月三千块的补贴，他也要设法退给她。田菁没有同意。田菁说你没有提出辞职，我也没有开除你，工资还是要发的。至于差补的钱，是事先就讲好的，跟疫情没有关系。但是，史汐汐在二月里收到田菁通过微信转来的工资时，他没有接收，二十四小时之后，系统退还了。田菁也就没有再坚持。田菁还告诉他，像素的房子，出租率下降了很多，小区的人也少了很多。不过最近，已经有不少人陆续回来了。"你啥时候回来啊？"田菁问他。史汐汐没有正面回复她。因为史汐汐也没有想好要不要回北京，因为回了也没有事。所有这些看起来都很正常的交流，被突然发生的一件事情打破了，这就是，史汐汐在一个电视新闻节目里，意外地看到了麦垛。

麦垛并没有一直待在深圳，她到武汉了，参加武汉抗疫工作了，成了武汉某社区的一名志愿者。电视上给的镜头很简单，在报道某社区志愿者为困在家里的武汉居民送菜送粮送生活日用品时，在几个忙碌的、从车上卸菜的女青年中，有一个手脚麻利的高个子，正是麦垛。虽然麦垛戴着口罩，他还是一眼认了出来。麦垛和其他志愿者们一样，穿着好看的黄马夹，青春靓丽，英气逼人。整篇报道，虽然只有一两分钟，史汐汐还是看清楚了，录像制作者故意给了麦垛一个特写镜头，镜头里，她正奋力把一捆菜搬下车。她没有发现录像者，所以她的表情、动作都很自然，很从容，她用力搬下一捆菜，放到身边的平板车上，在直腰时，还轻甩一下长长的头发。如果这时候，史汐汐还怀疑自己有可能认错时，接下来的一幕就是板上钉钉了。

采访者对着画面说："我们现场来采访一下这些美丽的志愿者中的一员，来，这一位。"

麦垛就被叫过来了。

采访者继续说："请问你叫什么名字？"

"麦垛。"

"这样的工作你一天能干几个小时？"

"我们从早上六点多就开始卸菜，然后再分装成一个一个小包装，再送到我们分包的社区，要做到每家都有新鲜的蔬菜。送完菜后，再到接收点收菜……时间吗？每天都要到晚上八点。"

"那就是超过十二个小时了。累不累？"

"累……哈哈哈。"麦垛很乐观，笑完之后，话音一转，"不过和被困在家里的伟大的武汉市民相比，这点累也不算什么。我们一定能战胜疫情！"

不知是被麦垛的话感染了，还是终于知道麦垛的下落了，史汐汐也紧握拳头，热血沸腾，眼含泪水。但是，待冷静下来之后，心情又复杂了，麦垛成为武汉疫区的一名志愿者了，一方面是钦佩她的勇气，另一方面也隐约地感觉到，麦垛在努力变成另一个人，一个和过去的麦垛不一样的人。隔着口罩，史汐汐也能感受到麦垛的表情，感受到她确实变了。她自己都不是她自己了，还会与过去有联系吗？和过去的人有联系吗？她既然屏蔽了从前，屏蔽了所有人，那肯定也包括他了。史汐汐把这个发现告诉了田菁。史汐汐在告诉田菁的时候，已经经过了几天的沉淀，很从容了，甚至是轻描淡写了。而田菁，却深感震惊了。

"啥？你在电视里看到的？"田菁的口气里充满了兴奋和疑惑。

"千真万确，她就是麦垛。麦垛我还能不认识？她看样子很享受志愿者的工作，也许咱们再也见不到她了。"

"你是说她……她不回北京啦？"

"是的。"

不知为什么，田菁在听到史汐汐确定的回答后，忍不住哽咽了一声。她强忍着，没有让自己的哭声发出来。

史汐汐感觉到了田菁的异样，问道："怎么啦？"

"没，没什么，有点替她可惜。不不不，她，很伟大。真的，麦垛太了不起了，她能做出这样的选择，真是……我是做不出来的。"

"没必要这么说吧？不是每个人都要做志愿者的。"史汐汐强迫自己变得坦然一些，淡定一些，自然一些，他缓解气氛地说，"对了，疫情管理已经进入常态化了，你的培训班啥时候能开班啊？"

"你还关心我啊？"田菁的声音里多了一丝怨艾和任性。

史汐汐听出了她的语感，同时也觉得她并不是要无端地怼他，感觉她的情绪的变化，和麦垛是有关联的，觉得她这一句怼，也是五味杂陈，包含着多重意思，心里便也五味杂陈起来，说出了他的真实想法："疫情挺烦人的，让人没有事做。你要是开班了，我也能去帮你一把啊，虽然我是个没什么用处的人。"

"谁说你没用处啦？你的用处，就是坐在那里，什么事不做。"田菁听了史汐汐话，开心了，又恢复她清亮的嗓音了，"我看到你坐在那里就心安了，教学也特带劲，嘻嘻，真话哦。"

史汐汐也笑了一声。他的笑声太小，或者只是做出了笑的表情，并不想让对方听出来。史汐汐也学会内敛了。

18

　　这次通话之后，史汐汐就想着回北京的事了。他查了一下，航班还没有恢复，只有高铁还正常。他查了下车次，看了看票价。深圳开往北京的车次不算少，票也很充足。但他并没有急于订票。去北京又干什么呢？田菁的12号楼0144室的儿童画培训班还没有开学，他就待在5号楼1106室发呆？但他又确实想去北京了。待在深圳无所事事，去了北京还是无所事事。待在深圳，他也并没有和同学保持太多联系，所有的信息，只是在几个群里浏览一下而已。去北京，吸引力也不大，只能和田菁保持交流。在深圳有妈妈。在北京有爸爸。都是他的心最能靠近的亲人。他心里就形成两股力量在较着劲，一股力量是去北京，一股力量是不去北京。但是，两股力量的细微变化还是有的，他想起田菁的时候，去北京的力量就偏大；他觉得田菁也许并不是他所想的人时，留在深圳的力量就偏大。这两股力量的交汇点都是田菁。也就是说，田菁是吸引他的去北京的由头，田菁也是他排斥去北京的由头。如果换一种思维，就是吸引的力量大一些，还是排斥的力量大一些？史汐汐越想越凌乱了。但北京，他终究还是要去的。

　　就在史汐汐拿不定主意的时候，他手机响了。这是一个陌生的号码。谁呢？史汐汐看着手机发了阵呆，想着接还是不接——陌生的电话，多半是广告，不是拉他炒股，就是拉他买房，也有要给他代账的。总之，都跟他不相干。但这个电话，他下意识地觉得有点特别。他还是接通了。

"喂，是不是史汐汐？"一个惊惊诧诧又疑疑惑惑的女声。

"是。"

"哎呀，可找到你啦。"甜甜美美的声音非常悦耳，"猜猜我是谁？"

"谁呀？"

"猜猜嘛。"

"左洁？"相隔多年，最后一次见到左洁时，他们还是高中生，刚参加完高考。最后一次听到左洁的声音时，左洁已经到英国了，已经表达断绝交往的信息了。现在大学都毕业快一年了。史汐汐也拿不准是不是左洁，虽然，这个声音特别像左洁。

"确定吗？"

"不知道啊。"对方这么一问，史汐汐已经确定了，她就是左洁。

"猜对啦，我是左洁！嘻嘻嘻，那天你在机场喊我……像是在喊我，又不是在叫我的名字，我看一眼，谁啊这是？不太面熟啊，又似曾相识啊，就是想不起来是谁了。到了飞机上，还想啊想啊想啊想啊，脑子都要想炸了，突然想起来了，这不是老同学史汐汐嘛，哈哈哈，可是，那时候，你没有追下来。这不，接下来就是新冠了，疫情了，也顾不上找你。前几天，我在一个群里，问高中的老师，她和你妈妈认识，我才知道了你妈妈的手机号，没想到吧？我是从阿姨那里知道你的电话的。"听得出来，左洁很兴奋。

"哦哦哦……"史汐汐敷衍着，他不是兴奋，而是失落了，他去年元旦前在首都机场邂逅的麦垛，不是麦垛，而是和麦垛酷似的左洁。生活中能有这样的巧合，简直就是奇迹了。但是，左洁说的群，是哪个群呢？和他是不是一个群？就算是在一个群里，由于大家也很少交流，又都是各起了个莫名其妙的名字，也是对不上号的。

"你还在深圳吗？抽时间见个面啊？四年多了，不不不，马上五年了，高考过后就没有再见过，听阿姨说，你没有读研。我在英国读研，回来准备过年的，过了年再去英国，没想到……暂时回不去英国了，早知道这样，打死我也不回国了。唉，我也是鬼迷心窍，国内有什么好回的？有什么值得回来的？再去英国，打死也不回来了。都快憋死了——你哪天有空？"

"这疫情闹的，我哪天都有空。"史汐汐虽然这样说了，他已经听懂了左洁的话了，她是快"憋死了"才想到他的，才想见他的。而且，以后"打死也不回来了"。于是他就听从了内心的决定，不想见她了。

"那就好。我想想去哪里啊？"

"你不是在武汉做志愿者吗？"史汐汐多了个心眼，既然在首都机场把左洁误认成了麦垛，为什么不能把在武汉做志愿者的麦垛认成是左洁？虽然，电视上的麦垛说了自己的名字，谁知道这里有没有别的更意外的巧合——要是左洁给自己起一个别名呢？

"什么？志愿者？武汉？你脑子有问题吧同学？我一直待在家里啊。哈，别逗了，啥时有空？现在可以出门了，咱去红花山公园吧？也不知道开没开门呢，对了对了对了，群里有人说，扫码、登记就可以进园了，约啊？"

"哎呀……真是太不巧了，我们好久没见了，也想见见啊，可是，时间不够了，我下午就要去北京了。"史汐汐没有想好要不要见她，干脆撒了个谎。又怕她要去车站送他，只得把出门的时间提前了，"现在就要去候车了，非常时期，挺复杂的，还要测体温，还要查健康码，过安检，烦死了。有机会北京见。"

"这么急啊，改签不行吗？"

"不行啊，北京有急事，要去处理一下。"

"听阿姨说，你在北京有房子，和人合伙做艺术培训，教啥？不会教计算器音乐吧？我很怀念高中时我们玩计算器的那些日子啊。哦，明白了，你还会吹小号。很行啊史汐汐……那，真可惜了，有机会再见啦。这是我国内的手机号，你存一下，暂时不会改的。你的微信就是这个手机号吧？等会我加你，你通过一下。唉，回英国，也不知要等到哪天啦。听老师说，马上要在网上开课。"

结束了通话，史汐汐不觉得可惜，也没有存左洁的手机号。他也看到左洁加微信好友的请求了，他也没有点同意。他立即用手机上网，买了一张去北京南站的高铁票。收到购票信息后，史汐汐非常的开心，觉得这是他近半年来做的最正确的一件事。他立即把购票信息发给了田菁。他要在第一时间让田菁知道，他晚上就到北京像素小区了，就能住到 5 号楼 1106 室了。

19

从深圳到北京，要 8 个多小时漫长的车程。

史汐汐虽然又背上了小号，高铁上毕竟不是吹小号的地方。不过他也没有闲着，在手机上查了许多专业小号的网站或音乐网站的小号专页，一路上真像是饱饮了一顿大餐，不但听了许多支小号的世界名曲，还重新复习了小号的专业知识，对一些技巧性的东西，在理论上又得以提升。他知道，接下来的北京生活，会有许多闲暇时光供他消磨，吹吹小号，玩玩小号，可能是他防疫期间的主要消遣了。虽然，树村的那个女孩判定了他在音乐上有所发展的死刑，那又怎么样呢？依然没有人阻挡他对小号的爱好和迷恋。当然，还有计算器，也可以好好再玩起来的。计算器音乐同盟的网页他也好久没有访问了。高铁上的大把时间，让他很自由地在计算器音乐同盟里到处转转，这里看看，那里瞧瞧，重新焕发了他对计算器音乐的兴趣。居家深圳的这些天里，在全民抗疫防疫的风潮中，他天天和妈妈待在一起，足不出户。妈妈虽然不用到单位上班，但在家里上班一样的不轻松，总有处理不完的事情，还有接打不完的电话。所以，他和妈妈说话也是有一搭无一搭的。妈妈和他说话，开始还有热情，后来也变成了应付，变成照顾他情绪的一种义务。而小号和计算器都提不起他的兴趣。他天天流连在沙发上，斜着、歪着、躺着、卧着，或盘腿坐着，甚至利用沙发背玩倒立，看外国的原声电影。看了也记不住情节，昨天看了今天忘，或上午看了下午忘，心一直都处在飘浮和悬疑的状态中，一直都无处安放，一直在外游荡，而且无有归期。自从看到麦垛在电视上出现后，他心里一下子就安定了许多，情绪也稳定了许多，和妈妈说话也心平气和的了。真是奇怪得很。当她接到左洁的电话后，知道北京首都机场的邂逅不过是一场时机不对的误会，不过是张冠李戴时，自然的，就想回到北京来了，就想到久违的小号和计算器了。妈妈对他的突然决定并没有措手不及，似乎早在她的预料之中。但在临分别的时候，妈妈还是眼含泪花，再三叮嘱他要勤洗手，戴口罩，处处当心，吃好睡好，增加抵抗力，更不要出去乱跑。最后还语重心长地叮嘱他，和合伙人好好相处，别欺负人家女孩子。史汐汐明知道妈妈误解他了，他也没有解释。当他在高铁上找到了自己的座位后，更是有一种如释重负的感觉，小号也想吹了，计算器也想玩了。要不是高铁上不允许，他真的就吹一曲了。不知出于什么心情，他还把小号摆在小桌板上，把随身带的计算器（他又挑了三个带上了）摆在小号边上，拍了照片，又把高铁票也拍了照片，一起发给了田菁。

火车到达北京南站时，已经是晚上九点五十了。史汐汐顺利地乘上地铁 14 号线。在地铁上，史汐汐延续了在高铁上的好心情。因为地铁上人太少了，他差一点就要把小号拿出来吹一曲。他几次都跃跃欲试，几次又放下了。他的好心情，直到转到 6 号线上，接到左洁的电话，才打了个停顿。

"到北京啦？"左洁大约也测算好了时间，话很直接。

"到了。"

"你住在哪里？我过几天去北京找你玩。"

"现在什么时候？哪儿都不能去的。"

"找你玩，又不是玩北京。北京有什么好玩的。怎么？不欢迎？我想考察一下你在北京的事业呢。"她故意要找回从前的感觉了，话音藏在喉咙里，想作亲昵状，表达出来的，依然是中学同学时的口吻。

"什么事业？哪能称得上事业……"史汐汐想一口回绝，又觉得不能这么直接，也不能这么冲，立即改口，把从田菁那儿得到的信息，用平和的、公事公办的口吻传递给她，"就是个糊口的小营生，教孩子学学器乐，吹吹小号。再说了，到现在，社会教育和大众培训机构，还不能开班教学，还要等教育主管部门的通知。何时通知，谁都不知道。"

左洁可能听出来史汐汐口气里的热情不高了，便索性说："就是不欢迎我去呗。史汐汐你就是这点不好，既然不欢迎，为什么在首都机场那么大声地喊我？我一时没认出来，没听出来，是因为这么久没见面了，又因为天天见到的都是高鼻子蓝眼睛的英国人，要在脑子里重新恢复你的影像，辨别你的声音，得有个过程吧，犯得着生这么大的气啊。我想方设法找到你的电话，打给你，就是道歉的意思，你就……这么点度量？"

要是顺着这个话继续说，就相当于接受她的道歉了，接下来她真的就要来北京了。史汐汐赶忙说："等会儿我打给你啊，要转车了，先拜拜。"

史汐汐并没有要打给她的意思，先挂断再说。老实说，这个电话只是部分地抵消了他的好心情，因为好心情的潮水还在高位上，而且还在不断地涌来，把左洁给他带来的那一点点不快淹没了——北京，到了，久违了，另一种生活，重新开始了。

从地铁6号线草房站B口出来，史汐汐试图从天桥的入口进入小区，没想到那儿封起来了。他只好从西门进。西门经过改造，已经成为一个受控制的区域了，有人脸识别测温仪，还要逐一检查出入证。史汐汐没有出入证，跟保安说明情况后，便被带到一个临时帐篷里做登记，扫二维码。史汐汐打开手机，看到有未读微信，田菁发来的，是他的房产证明和身份证正反照片。在办理过程中，还真需要这些东西。填了表之后，手机下载了专用 APP，加入一个新群，保安发了一张带说明的表给他，要求他回家后，把这张表贴到门上，自行隔离 14 天，每天在群里报告自测的体温。隔离期满后，再到小区联防办公室办理出入证。史汐汐办完这些，从帐篷里刚一出来，就看到一张戴黑口罩、眼睛笑微微的亲切的脸了。原来，田菁一直在门口等他，他一出现在门口，到进入帐篷登记，全在她的视线之内了。

"累了吧？饿了吧？"田菁抢过他的小号包，背上，拉他一下衣袖，说，"我做饭给你吃啊，都十一点了。"

田菁真是有心。史汐汐想，还有田菁发给他的房本和身份证照片，都让他心里妥帖。从小区西门入口，穿过步行街，到 12 号楼 0144 室还有二三百米的路。田菁不说"累了吧"时，他还没觉得累。田菁一问他累不累，他还真感到疲倦了，小腿肚有点发沉。虽然在高铁上吃了盒饭，这一阵儿也确实饿了。他看着精神抖擞的田菁，看她穿了一件去年秋冬他没有看她穿过的银灰色的新风衣，加上新的牛仔裤和白色板鞋，觉得她特别的清爽怡人，特别的有活力，在路灯和地灯光色不断变化中，有一点梦幻之美。就连整个小区，小区的气候，他都觉得亲切，美好。

"八个多小时，我还没坐过这么久的高铁呢，不累才怪了。"田菁说，胳膊有意无意地碰打着史汐汐的胳膊。

"我也头一回，以前来北京都是飞机。"

"要是飞机，我会去机场接你的。我查了下，你到北京南站是九点五十分，地铁还有，就让你自己回来了。"田菁说着，扑哧一笑道，"知道我中午吃了什么？饺子。知道为什么吃饺子？我们家乡有个习俗，饺子又叫弯弯顺，表示一切顺利的意思。吃饺子，就是祝你顺顺利利到达像素。不过晚上还要吃饺子——我炒菜不好吃，外卖也没有什么好吃的。"

"饺子可以啊。"

说话间，走进了 12 号楼的楼道。还是史汐汐熟悉的环境，楼道里各户人家的门口摆着垃圾袋，大部分是外卖的包装桶，还有笤帚、簸箕、纯净水桶、快递盒等杂物。大部分店铺都在开门营业，门上都贴着告示：进入请戴口罩。

很快就走到 0144 门口了。田菁开门时，还朝对面的便利店看了一眼，有点警觉的意思。

史汐汐进屋后，拿出那张要求贴在门上的告示，说："要贴到外边吧？"

田菁说："贴在里边也行。"

史汐汐就把告示贴在门里侧了。

"你在沙发上好好休息，我来煮饺子给你吃。猪肉的和牛肉的，都煮啊。"田菁摘了口罩，脱了外套，就进厨房忙活了。

史汐汐也把口罩摘了，看了看屋里，变化不小，那些摆开来的小桌子小椅子，都集中到一边，整齐地码了起来。沙发和茶几都摆在适合的位置上，也就是原来的位置。茶几上还有洗好的苹果、香蕉和几样小点心。史汐汐去卫生间方便一下，简单洗漱一番，回坐到沙发上时，他再一次打量着屋子，心里琢磨着，他要住在0144隔离了，那田菁肯定是要回5号楼1106去住了。是不是就是说，房子又换回来啦？要是这样，那他确实要把田菁预付一年的差价，退还该退的部分了。

饺子很快端出来了。

"吃吧。颜色深一些的，是牛肉饺子，泛着绿的，是韭菜猪肉的。"田菁又进厨房拿出了一个小碗，说，"就点酱油醋。都吃了呀。"

史汐汐这才看清，田菁化妆了，不仅用了口红，还上了粉底、腮红和眼影，虽然是淡妆，还是很明显的。不过史汐汐发现，田菁化妆还没有不化妆好看。可能有的人适合化妆，有的人不适合化妆吧。这不光是脸型决定的，和气质也有关。史汐汐马上想起麦垛。麦垛就适合化妆。史汐汐立即强迫自己不去多想，还暗骂自己没出息，居然什么事都会联想到麦垛，便赶快埋头吃饺子。饺子是手工水饺，很香很好吃。田菁在深圳吃不到现包的饺子，加上真的饿了，居然把两盘饺子扫光了。

"够不够？"田菁说。田菁在史汐汐吃饺子时，还削了一只苹果。

"够了够了，撑死了。"

"那我回5号楼1106那边啦，你早点休息。"田菁走到门口，拍一下门上的告示，口气越发的严肃了，"看到没有？遵守制度，不能出门的，明天别忘了在群里报体温。体温表在茶几上，看到了吧？我明天带早点来。"

20

　　史汐汐钻进了卫生间，他要洗个热水澡。洗澡时，还想，田菁干吗那么严肃？那么急着离开？刚吃完饺子，还没来得及说话呢，就走了，连一分钟都不愿多待。又想，她为什么要搬回到5号楼1106室去住？莫非是办出入证时，她因没有12号楼0144的租房合同，出入证的地址是在5号楼，她只好回到自己家？一定是这样的。也可能呢，既然儿童画培训班暂时无法开班，她又没有重新发他的薪水，说明租赁关系已经结束了，所以她回去住了。其实也没必要这么烦琐，虽然她出入证上的地址是5号楼，其实她完全可以住12号楼的。他继续住5号楼没关系的。这不应该是什么问题，史汐汐想，随她便吧。

　　实际上，史汐汐是多想了。实际情况很简单，就是史汐汐刚刚办的出入证上的地址是12号楼0144室，那么他的隔离地点也是在12号楼0144室。田菁怕他在居家隔离期间，防疫办的人来检查他是否守约。万一发现他没有居家隔离，那就麻烦了。所以田菁是临时才搬回5号楼的。

　　莲蓬里的热水温度适中，淋在身上，皮肤开始松弛，人也开始慵懒起来。

　　随着史汐汐目光的游移，他发现卫生间里的洗漱用品全是女性的，这并不让他奇怪。奇怪的是他第一次在都是女性物品的氛围中洗浴，就连脚上的拖鞋，也是红的。卫生间他不是第一次来，刚进屋那会儿来洗脸，只用一下她的毛巾，没发觉。再往前数，在疫情之前的工作中，他也用过卫生间，只不过那时她洗澡都在楼上，楼下的卫生间是学生和学生家长们共用的。她把洗漱用品搬到楼下来，可能也是疫情开始后。史汐汐平时也不想这些，这会儿才觉得女孩的东西都是奇奇怪怪的，瓶瓶罐罐特别多，大大小小，高高矮矮，胖胖瘦瘦，沐浴露和洗发水全是韩国的品牌，护发素和香皂也是。他不认识韩国字，拿起来细看，水汽中的灯光朦朦胧胧的，费劲才看清一个小小的汉字贴标。洗发水的牌子叫爱茉莉棕吕洗发露，成分居然有人参、地黄、发酵豆水、山茶油等。功效更是夸张，深层滋润、营养秀发、防脱生发。这洗发露比药还厉害了。香皂是一个圆圆的，黄色的小饼，闻闻，散发出软软的、沁鼻的茉莉花香。史汐汐想，田菁在使用时，会不会要咬一口吃吃？浴绵居然是两个，一个水红一个水蓝。大小倒是一样。一个人洗澡要买两个浴棉干吗？史汐汐在浴棉上挤一点沐浴液，只给一点点，揉擦时还是起了很多很丰富的泡沫，小小的湿湿的空间里，顿时有一种新鲜的香味。洗好了，关了莲蓬，再次使用毛巾时，还拿到鼻子上闻闻，气味当然也是特别的。史汐汐的习惯，是睡前刷牙。由于回北京也是回家，就没有带牙具。正巧洗脸池上有一支没拆封的牙刷，他决定先用了。他一边刷牙，一边看洗脸池上那些雅致的花花绿绿的瓶子，还看到两块洗脸棉，一块方的，一块圆的，方的是红色，圆的是白色，小小的，放在田菁的手心里正合适。洗脸棉上有许多网状的小孔，质感细腻，想必能很好地清洁皮肤毛孔里的污垢吧。

那两把梳子也有意思，牛角和红木的，造型各有特色。红木的那一个，史汐汐还梳过头。这会儿他没有拿红木的，而是用牛角梳。牛角梳的手感很好，梳齿擦着他的头皮，像是一种按摩。他以前用这个卫生间时，没觉得有什么特别的。可能是成了她专用卫生间后，才充斥着她如此多的个人元素了。史汐汐很喜欢这些用品，也很喜欢这样的摆设和气息，临出门的时候，又在那些瓶子上检阅一眼，还捏了下洗脸棉。

　　史汐汐走出卫生间，感到一阵凉意，便赶快从包里拿出 T 恤和内裤换上。他后悔没有带衣服来了。三月下旬的深圳，气温很高的，虽然他也知道北京还算是早春，妈妈也让他带件毛衣，他还是只在 T 恤外面穿件帽衫就出门了。刚洗完澡，身上又爽又轻很舒服，根本不想再穿帽衫了，便向楼上冲去，他要一头钻进被窝里暖和暖和。木质的楼梯在他急促的踩踏下，发出震颤和声响。他立即又放轻了脚步，还是速度很快地跑到了楼上。自从去年夏天把房子换给田菁，他就没有上过楼上。楼上是田菁的卧室。女孩的卧室，肯定有许多秘密的，没经邀请，不能私自闯入。这回他完全没有这些顾忌了。但冲到楼上他就傻了眼，太陌生了。楼上的结构他是熟悉的，没有隔间，除了一个卫生间，就是一个大敞厅，中间是一张大床，床头是一张写字桌，一端是整面墙的衣柜。现在格局未变（只在墙上多了一个挂件），床上、写字桌上、衣柜里的摆设和陈设全变了。床单、被子、枕套和靠垫是粉红色的，一看就做工精细考究，品质不坏。更让他没想到的是，在床头上，摆着他的一叠衣服，有 T 恤，有卫衣，有毛衣，有衬衫，还有外套，甚至还有袜子、内裤。

一定是她从 5 号楼 1106 拿来的。他无暇细看，跳到床上，掀开被子，钻了进去，顿时就感受到被窝的柔软、顺滑和细腻，身上的凉意很快就消散了。等缓和过来身体也渐渐暖了的时候，他才抬起头来，细细观察着房间，墙上的挂件其实是田菁的一幅手绘，一幅线描手绘，内容是一个白衣花裙的少女在吊床上睡着了，手里还揽着一个布娃娃，画面上方的一角是密密的翠绿的枝叶，一缕阳光穿透枝叶洒在少女和布娃娃的身上，挺治愈挺温馨的一幅画，装在卡纸里，配上白框，很适合房间的氛围。最显眼的还是那个大大的衣柜。他去年搬来时，还暗笑爸爸的装修理念太陈旧了，这么大的衣柜也太浪费了，不仅浪费材料，还浪费空间。现在看，是他太没有生活经验了，大橱柜还是很能装的。透过衣柜的玻璃门，他看到里面挂满了五颜六色的衣服，当然都是田菁的衣服了，春夏秋冬一年四季都有。那扇没有玻璃的柜门，他知道里面是一层层书橱一样的隔层和隔断。他很好奇田菁是怎么利用那里的。靠近床头的写字桌上，干干净净的，只有一只玻璃瓶，瓶子里养着的是金钱草。三四根的金钱草，虽然不是密密丛丛的一群，在灯光的照耀下，却有一种独处的安静和精美，纤细的叶茎，翠绿莹亮的绿，像是努力着给这个空间增加点抒情的腔调。而床的另一边，那个床头柜上，是一只台灯。台灯边是一本田菁没来得及收走的书。看着眼前陌生的环境，史汐汐的疲劳和困意全消。他坐起来，伸手够了件帽衫套上，下了床，他要好好欣赏已经烙上了田菁元素的房间。

他先打开了衣柜。衣柜的门是三扇的，两边的两扇可以打开，中间的可以自由滑动。而镜子就在中间的滑动门上。

　　真是色彩缤纷，五光十色，这么长的衣架上，挂着的全是田菁的衣服。平时真看不出来她有这么多衣服，怎么挂出来就这么壮观呢？去年搬家时，她不过是拉过来一个行李箱，外加两个大纸盒而已。这么多衣服，如果按季节分，最右边的应该是冬装了，中间的是春秋装，靠左的是夏装。一长一短两件羽绒服、一件小袄、三件大衣，是冬装的主打，春秋装的花色和样式更多，色彩也更丰富。相对来说，她的夏装就单调了些，裙子有七八条，连衣裙、短裙都有，去年夏天他们第一次雨夜相见时的连衣裙也在，有点旧，黄色的，非常的简洁，挂在这儿显得很普通。除了一件栗色的连衣裙，此外都是非黑即白了。T恤也是，都是非黑即白的简洁款。史汐汐记不得哪些她穿过了。她的穿衣打扮，史汐汐似乎并不上心，虽然有一段时间朝夕相见，几乎忽略她的装束了。最下一层叠得整齐的是五六条牛仔裤和几条黑的、咖啡色裤子，除了牛仔裤，其他颜色的裤子就没见她穿过。这是他第一次如此细心地观察女孩的衣柜，觉得很有趣，特别是那件米汤白的睡衣，长款，宽松，他取出来，连衣架一起取出来，看看，摸一摸，很飘，很柔，很滑。他从未看过她穿睡衣的样子，那应该是什么样子呢？和一大堆T恤混挂在一起的那件棉麻短袖夏装，他也取出来看看。爱穿棉麻款的女孩，大都质朴善良，随性独立，爱音乐爱旅游。他这样想，和田菁却有点对不上，又似乎很能对得上。最后，他打开最右边那扇没有玻璃也没有镜子的封闭的柜门。嚯，这儿才是她的私密之地，最上边的格子里，都是文胸，什么颜色都有。往下几层依次是叠好的内衣、卫衣、丝巾、围巾、袜子，最下边两层是书。花花绿绿的，他在书上瞄了几眼，都是童书，还有儿童画方面的画册和教案。

史汐汐关好了柜门，到写字台那儿，扶着椅背，看了看桌子上的那只瓶供，看了看那清透的养眼的绿。史汐汐踟蹰半晌，坐到椅子里。椅子和桌子一样，都是爸爸为他置办的。可他从来没有觉得这桌子和椅子有什么特别之处。桌子也是简洁款，只有一个抽屉。椅子倒是繁复了些，有黑色的皮垫，垫子里包着海绵，两边还有扶手，也包着皮垫和海绵，后背上也是。这哪里是椅子，简直就是简易的沙发，或叫沙发椅更为妥当。史汐汐坐下后，臀部被舒服地包裹着，背部也有一些支撑，感觉踏实、稳固、可依靠，这些都是他以前所感受不到的。他轻轻拉动抽屉。抽屉的滑轮很灵敏，启动之后仿佛自动敞开了。抽屉里全是她的小零碎，有剪刀、耳机、一串钥匙、几个发卡、一个眼镜盒、一副扑克牌、一个钱包、一个便携式小圆镜，还有一个收纳盒。最吸引他的，是那两个相框，一个原木本色的，一个白色的。相框都是七寸的规格，可横摆，也可竖摆。白色相框里的照片是田菁的半身照，很幼稚的一张照片，大约是中学生的时候吧，大笑着，脸上还有婴儿红，摆了个胜利的造型，头发是高高地扎在后脑袋上的马尾巴。原木相框里的照片是化过妆的全身照，穿黑色的连衣裙，白色板鞋，背景是在北海的荷塘边，荷花开得正好，她造型妖娆地靠在栏杆上，眼神却不是鬼魅，而是深沉、忧郁，似乎有着无尽的心事，挺有艺术特质。他把她的两个相框在桌子上摆好。白色相框是横摆的，原木相框是竖摆的。这样，就有两个田菁在看他了。他把收纳盒搬到桌子上看。收纳盒原是一个饼干盒，她拿来旧物利用了。要不要打开看看呢？史汐汐迟疑片刻，究竟还是没经住诱惑，打开了，一看，全是首饰，耳钉、耳坠、吊坠、戒指、项链、手链、手镯这些小玩意儿，女孩有的她都有。他拿起一串珍珠手链看了看，他见过她教学时戴过这串手链，小颗，秀气，颜色和她皮肤很搭，很适合她。还有那个心形的水晶吊坠，他也似曾相识，是不是初次见到她时，扣在伞上的那个？史汐汐的眼睛和照片上田菁的眼睛对视着，想着她慌里慌张地收拾桌子，慌里慌张中，把自己的照片胡乱塞进抽屉里的样子。史汐汐冲照片笑了笑。

重新钻进被窝时，史汐汐想着自己刚刚的举止，觉得好奇怪。奇怪自己怎么觉得她很神秘，觉得她很陌生，觉得刚刚才发现她会有这么多的秘密。其实也不是什么秘密，都是些平时能看到和想到的。但从去年夏天认识她开始，到年末他去深圳前，那么长时间，对她怎么没有一点关注？没在她身上花一点心思？那段时间他太急于想找一个吹小号的职业了，太想着他的音乐了，心急，气急，浮躁，是他那段时间通常的表现，后来他虽然人在田菁这儿帮忙，又被麦垛所牵引，鬼迷心窍地深陷在一种情感里，便天天在孤独、无聊、无趣和无所事事的情绪中而不能自拔了。所以对什么也就淡漠了，还哪有心思去关注别人呢？

夜深了。不能再想了，赶快睡觉吧。他准备关灯的时候，又看到床头柜上的那本书了，拿过来一看，叫"折纸游戏"，随便一翻，是教怎么折纸的书。他小时候也爱折纸，能折出好多小动物，还会折帽子和纸飞机，还折过手枪和五角星，手枪和五角星是几个模块拼起来的。如果有机会，也可以照着书上的步骤，再学几手折纸，空了教小朋友玩。史汐汐就是抱着这本书睡着的。

21

蒙眬间，史汐汐感觉楼下有人。一定是田菁来了。

一觉睡到自然醒，已经是早上八点多了。史汐汐不想起来，还想在床上赖着。但他知道不起来是不行的。就大声喊道："马上起来。"

"啊？醒啦？是我把你闹醒的吧？不好意思不好意思。才八点半，你还可以继续睡，反正起来也没事，隔离期间就是睡觉。"田菁的声音就像早晨山谷里的鸟鸣，清新悦耳地传上来，"不过你可以起来吃个早点再睡，吃饱了睡，不饿，安心。"

"起来了。"史汐汐既是回答了田菁，也是给自己鼓劲。

史汐汐快速穿好衣服，把桌子上的两个相框拿到抽屉里（怕田菁上来看见他动她的东西了），下到楼下，看一眼坐在沙发上的田菁，看她不像照片上的任何一张，素颜，微笑，就是和昨天相比，也完全是另一个田菁了——她比昨天清爽了不少，也好看了一些。田菁也看着他，指了下茶几上的早点，说："包子和豆浆，行吧？"

"行。"史汐汐去卫生间洗漱时，说，"我把你那支新牙刷用了，空了买一支还给你。"

"就是给你准备的，不用还。睡得还好？"

"好。"史汐汐洗脸刷牙时，想着要不要跟她说房子的事。既然各回各家了，干脆把东西都各自搬回算了，互相影响着，不方

便。特别是女孩，事情多，换洗的衣服全在这边，人在 5 号楼 1106
睡，再到 12 号楼 0144 取衣服，太麻烦了。取消换房协议也行。他
是无所谓的，睡在哪里都一样。她应该也无所谓了，疫情管控这么
紧，不知道多久才能允许她的培训班开班呢。疫情期间有几个行业
影响最大，餐饮业、旅游业、游戏、歌厅，等等，其中就包括各种
培训。没有培训就没有收入，没有收入还收人家那么高的差价合适
吗？肯定不合适，于情于理都不妥，无异于趁火打劫。这么个重大
的事，如果他不主动提出来，田菁有可能不好意思说，因为当初她
几乎是死皮赖脸要求跟他换房的，还无意间让麦垛给她送上关键的
助攻（这个助攻给史汐汐留下深刻而难忘的记忆，几乎影响了他的
人生），且每月 3000 块的差价也是她提出来的。现在看来，3000
块钱确实多了。

史汐汐是在一边吃早点时一边试体温的。

"三十六度，怎么这么低？"史汐汐看着体温计，冲着在厨房
里忙活的田菁说。

田菁出来了，接过体温计看看，说："差不多。先发到群里，
等会儿再测测。"

田菁的话音刚落，门就被敲响了，随即传来叫门声："田
老师。"

田菁立即把声音压在喉咙里，轻声说："是对门小段。刚还看
她便利店没开门的呀。烦死这个女人了，天天盯着我，央求我，要
我把你家房子转租给她。怎么可能呢？真是吃饱了撑的，全国的疫
情都控制住了，说不准哪天就发通知，允许培训班开学了，租给

她，我干吗？这人也太自私了。再说，我哪有权力转租啊？呀！她是不是知道你回来啦？"

"应该不知道吧？"

"田老师，"门被拍响了，"我听到你说话了田老师，你开开门，我送点好吃的给你尝尝。"

"啊？谁啊？"田菁只好装作才听到，应着小段的声音大声说。

"我，对门小段，给你送鸭脖子了。"

"谢谢啊，我吃过早饭了。"

"吃过了也尝尝，我昨晚卤的鸭脖子，还有鸡爪子。"小段没完没了地说，"你不知道啊田老师，我都没想到我的手艺这么好，太崇拜我自己了，好吃得连舌头都咽了。好东西要分享，开开门呀。"

田菁只好去开门了。

史汐汐拉住田菁，小声道："等下，我要躲起来，不让她看到我。"

田菁盯着史汐汐，脸一红，也想起了什么，同样压低嗓音说："对对对，躲起来。"

史汐汐藏到卫生间了，还把门反锁了起来。史汐汐这才看到他昨晚洗澡时换下来的衣服都挂在墙上，袜子也扔在地上。史汐汐把衣服团团抱在怀里，就听到外面两个女人的对话了。

"田老师，你天天关门上锁，忙什么呢？交男朋友了吧？喏，我特意给你多拿点，也给你男朋友尝尝，让他知道你对门是一个好邻居。"

"哪里啊，就我一个人。"

"谁信啊，我听到你们刚才说话了，喏，还有包，都在沙发上了——好事啊，这有什么好瞒的。不说这个了，这疫情闹的，把人都憋坏了，谁不想交个男朋友啊。"

"我拿个盘子啊。"田菁明显不想接小段的话。

"不用，吃完了还我就得了。"小段话锋一转，"考虑考虑嘛田老师，你一个人住这么大的房子太浪费，转租给我得了。我一个月出一万块钱。你上哪能找到我这个主？这段时间像素的房子空了很多，大降价了，租不出这么贵的。"

"不租，再说了，我也做不了主啊。"

"小史不是在深圳嘛，他回不来了，还不是你说了算？"

"不行。"田菁的口气很坚决。

"好啦好啦，你先尝尝我的手艺，再考虑考虑。用我们东北人的话说，你脑袋就是榆木疙瘩，你睡觉都能睡出钱来，多好的事啊，为什么这么傻？走啦。"

史汐汐听到重重的关门声。

史汐汐从卫生间出来时，看到田菁正在拉窗帘。茶几上是一盘卤鸭脖子和卤鸡爪子，正散发着香味。史汐汐抱着衣服就往楼上走。

"干吗？"田菁用气声跟他说。

史汐汐指指衣服，意思是送脏衣服到楼上——他知道洗衣机在楼上的卫生间里。

田菁已经走到楼梯边了，小声道："好，放洗衣机吧。袜子别放一起。"

"知道。"

史汐汐把衣服放到卫生间的洗衣机上时，又一次惊掉了他的下巴，他以为楼下的卫生间已经女性化了，没想到楼上的卫生间同样成了田菁的专用，洗脸池上的敞开式小柜子里，全是她的化妆品，有一种淡淡的清香味弥漫在小小的空间里。史汐汐心里有一种无法言说的愉悦感。

史汐汐再回到楼下时，觉得不对，凭什么怕她小段呢？这是他的家。他回来在家隔离很正常嘛。是他自己想多了，田菁也想多了。他在家里，就一定和田菁住在一起吗？田菁就不能回自己的家啊！史汐汐就走到窗户前，把窗帘又拉开了，还把窗户打开，透风。

田菁似乎也想通了，冲史汐汐笑笑，指了指鸭脖子。

"我可没劲再吃了，五个包子，一杯豆浆，吃撑了。我在家都不吃早饭的。"

"我也经常不吃早饭。"田菁站起来，"中午你想吃什么？我去买菜，刚才看看冰箱，只有牛肉和一个土豆了。"

"牛肉烧土豆挺好的呀。"

"怎么也要做几个小菜烧个汤啊。你刚回来，得给你好好接个风。"田菁想了想，"买点肉丸子吧，再买个虾子，弄几样蔬菜，记得你爱吃娃娃菜的，现在正上市。"

田菁买菜去了。史汐汐不知道她怎么知道自己爱吃娃娃菜的。他拿过包，拿出带来的三只计算器，快速按了几下，想着要叫田菁把1106室的计算器都拿来。他又取出小号，试吹了一小段。小号声还是让他感到亲切。昨天在高铁上，还有在地铁上，心心念念想吹一曲来着的。现在还有吹一曲的冲动。他吹了首《月光下的凤尾竹》，又吹了首《彩云追月》。这些曲子都简单，没有难度——不知哪根筋突然搭对了，他的小号又能吹起来了。他想了想，《世界小号名曲 300 首》的书放在 1106 室了，也要叫田菁带来。他吹起了《传奇》，这是世界经典名曲，他一直吹不好。现在依然吹不好。他吹了他最拿手的《La Montanara》，再吹《雪绒花》。他喜欢《雪绒花》，是电影《音乐之声》的主题曲，抒情而浪漫。

门又被敲响了。这次的敲门声更响。

史汐汐猜是小段。如果是田菁，她不用敲门，直接拿出钥匙开门了。

果然是小段。

"天啦，小史小史小史小史……你回来啦？你怎么回来啦？"小段站在门口，惊讶得下巴已经掉到地上了，比去年更胖的大胖脸上的肉直哆嗦，"你怎么会在这里？你一定是在这里了，这是你家嘛。你……你什么时候回来的？"

"昨天，怎么啦？"史汐汐的意思，我什么时候想回来就什么时候回来。史汐汐手里还拿着小号，说罢，眼睛朝着天花板望，既不跟她说再见，也不请她进来，还转过屁股朝着小段，又吹小号了——这是一种态度。

小段被晾着，尴尬着，伸头朝屋里看，看到茶几上她送的卤货，喊道："田老师。"

没有田老师的回应声。

"小史，田老师呢？"小段对史汐汐的无礼毫不介意。

正好田菁买菜回来了，接住了她的话："在这呢。"

小段这才欢天喜地地夸张道："天啦田老师，你买菜去了，你真能干田老师，买这么多好菜。你猜猜谁回来啦？看看看看看看看，小史哈哈哈哈哈哈！"

田菁已经挤过她的大胖身子进了屋，做出要关门的样子，说："没时间陪你说话了，小史才回来，饿着呢，做饭啦。"

"好啊好啊，我给你拿两瓶好酒啊。"

田菁把她的话关了半句在外边。田菁本不想得罪小段。但田菁怕小段跟史汐汐提出租房子的事。眼面前这个房子确实是闲着的。而小段又心心念念想租这个房子。因为疫情，大家都不方便外出，她的便利店越发的生意火爆了，特别是下午和晚上，骑手们穿梭往来，络绎不绝，出货很快，她家便利店需要大量的备货，空间确实不够用的了。田菁想用行动让小段知道她并不受欢迎。

不消几分钟，门又被敲响了。

田菁不开门是不可能的了——这不像是敲门，就是在砸门。

小段果真拿了两瓶红酒和四瓶啤酒来了。

"拿着，中午喝一杯。"

"不要，咱们有酒。"田菁说。

"不是给你的，是给小史的。小史，弟弟，"小段自然转换到从前的称呼上了，"亲弟弟唉，姐送点酒给你，红酒是法国的，啤酒是德国的，你尝尝，远亲不如近邻，咱们谁跟谁啊。"

史汐汐坐在沙发上，两眼望着天花板，吹响了小号——这是不理她了。

"小史不要。咱们有酒。"田菁替史汐汐说了。

"放这啦。"小段也感觉到人家的态度了，但她还是执着地把酒放在门里，走了。

田菁关上门，看着史汐汐，意思是怎么办。

史汐汐也不吹小号了，说："等会还给她。"

22

如果实话实说，田菁做菜手艺确实不怎么样，至少不对史汐汐的胃口。但史汐汐亲眼看到田菁从上午回来，十点左右就开始忙，辛辛苦苦做了一桌子菜，怎么能嫌呢。不但不能嫌，还违心地夸好吃。小段送来的酒倒是没有送回去——史汐汐也想通了，反正是你送来的，又不是去抢的，不喝白不喝，喝了也白喝。田菁也表达这个意思，既然卤鸭脖子卤鸡爪能吃，酒也照喝。但是，田菁也发现史汐汐不大吃菜，土豆烧牛肉只吃了一片土豆。其他的菜也都是浅尝辄止。不过史汐汐懂事多了，虽然没有一样菜对他的胃口，他还是每样都吃了一点。虾子可能是没买好，不新鲜，不是活虾冻的，煮出来装在盘子里，虾头掉了一半，没掉的，也是蔫着瘫着。肉丸子和小青菜一锅炖，没有分清次序，把小青菜和肉丸子一起下锅，肉丸子熟了，小青菜也烂成丝了。香菇清炒娃娃菜也很咸，而且炒老了，最不应该的是在这道菜里放酱油。至于小段拿来的鸭脖子和鸡爪子，史汐汐本来就兴趣不大，加上要表明一种态度，根本就没正眼看。红酒倒是倒了一杯，和田菁还干了几次。所谓干，也只是举杯的频率很多，酒的消耗很少——形式多于实际，等到吃结束了，一杯还没有喝完。

"真不好意思，没发挥好。本来要为你好好接个风的，结果……"田菁可能自己生自己的气了，也可能真觉得不好意思了，话没说完，哽咽一声，鼻子一酸，差点哭了。是啊，处心积虑想表现表现，结果搞砸了，叫谁都不好受的。

史汐汐赶忙说："没有啊，很好吃啊，你看你看……我吃这么多呢。"说罢，又吃了一块牛肉。

"你哪里吃啦。我又不傻。我自己都不想吃。我给你叫份外卖吧。"

"别呀，这么多好菜还叫外卖？那叫浪费。"史汐汐不好意思了，看田菁也不好骗，就说，"大体上都好吃，就是这道菜咸了点。再说了，九点多才吃过早饭，五个包子啊，这才几点？吃完了还不到十二点，你当我是猪呢——吃得少，不一定是菜不好吃，是我不饿好不好？"

田菁扑哧笑了："猪有这么瘦的吗？"

"哪里瘦啦？"史汐汐撸撸衣袖，展示一下二头肌，"看看，这肌肉。"

"好吧，我收到厨房里，晚上还可以吃的。"

田菁就把茶几上的一道道菜往厨房端了。

史汐汐觉得让她一个人忙不好意思，便跳起来搭手，还说："你负责做，我负责洗。来来来，让我来。"

结果是，田菁把没吃完的菜摆在灶台上，准备等凉透了再放冰箱里，又把茶几上擦拭干净了。史汐汐在洗菜池里，已经差不多把碗筷和酒杯洗好了。

收拾好之后，田菁说："你再睡个午觉，差不多就歇过来了。我也回 1106 睡一会儿，再过来。"

"把我衣服再带几件来。还有计算器，六个都拿来。那本《世界小号名曲 300 首》也别忘了。"

"好。"田菁走到门口了，又问，"我四点来可以吧？四点你该醒了吧？"

"不好说。五点吧。"

田菁走后，史汐汐并没有立即睡午觉，而是在平板上玩了阵游戏，本来只想玩一把的，结果玩了三把。一边玩游戏还一边想，等会儿找一部电影，躺在床上看。他习惯了那种平板上电影还在放着，而已经睡着了的感觉。

不过，史汐汐这个午觉，睡得并不安稳，电影倒是看了，是一部小众电影，英国的，叫"书店"，他喜欢电影里营造的氛围。但是，也正如他想的那样，是一边躺着一边看，电影没结束，他也睡着了。这正符合他的预期。但是，他是被手机闹醒的。他睡觉时一般不把手机调成静音，因为没有人会在中午打他的手机。这次例外了。一接手机，他就懵了，居然是左洁。

"没想到吧史汐汐，连我自己都没想到，猜猜我在哪里？"左洁的口气十分兴奋。

"还能在哪里，深圳。"

"错！我在高铁上。在深圳开往北京的高铁上。火车已经过了石家庄，再过两个小时就到北京了，就能见着你啦！"

史汐汐一听，毛都岔了，左洁来北京？她来干什么？史汐汐完全从梦中醒来了，谨慎地说："见我？我有什么好见的？"

"想见啊。怎么？你不想见我？"

史汐汐既不能说想见，也不能说不想见。想见不是他的真心话，不想见又绝了同学的情谊。再说了，他对她的话也产生了怀疑，这个时间节点，她能来北京？她敢来北京？开玩笑的吧？不管怎么说，他得把现实告诉她："我在家隔离中，十四天不能出门，今天才是第一天。你什么时候上的车？我应该不能见你了。而且，听说，来京人员也要在宾馆隔离十四天才能办事，费用自理。"

"我一早就上了车。我不是来京人员。我是到你家的，可算作你的家庭成员。我了解过了，隔离期间可以和家人一起隔离的。大不了我陪你十四天呗。费用嘛，我来出。我又加你微信了，赶快通过一下，发一个定位给我，别让我流落街头找不到你啊。"

"……等下，我午睡还没起来。"

"你真是个大懒虫！"

史汐汐没有再回她的话，而是果断地掐断了通话。

事发突然，史汐汐没有心理准备。在史汐汐的印象里，左洁不是草率的人，她是很有主见的，这个时间这个形势下，往北京跑，这要下多大的决心，冒多大的风险，要是不见她也太不近人情了。要是不见她，她肯定要住宾馆。会不会在宾馆里被隔离，他也不知道。左洁有可能是一个人在深圳，因为上次在首都机场，只看到左洁一个人，没有看到她的父母。那么她父母有可能还在英国没有回来，左洁一个人在深圳肯定无聊透了，除了跟同学、老师联系联系外，还有别的亲属吗？左洁在深圳的情况，他是一点也不知道的。左洁往北京跑，也许确实是在深圳待烦了，想换一个环境，换换空气。但见了她又怎么办？把她接到像素小区，和田菁住在一起？田菁又会怎么想？这时候，史汐汐才觉得，他是爱上田菁了。且慢，也许还不是爱，也许只是喜欢。喜欢和爱，还有一段距离。他能从深圳欢欢喜喜、迫不及待地来北京，就是这种喜欢的结果。这种喜欢是从他内心生发出来的。他来北京，来像素，和田菁相聚，是遵从了内心的决定。从田菁的言行上，他也看出来，田菁对他，由原来一个纯粹的租户关系，变得有些不一样了，甚至有点暧昧了。怎么个暧昧，他也说不上来。冥冥的，田菁对他的关心，和从前大相径庭了。从前田菁是同情他，看不得他为一个麦垛而期期艾艾，为一个麦垛而颓废，也知道他拿着小号去找工作，去树村寻访地下音乐，是多么的不现实，这才以合伙人的姿态安排他在儿童画工作室工作，实际上就是收留他，稳定他的心。现在的田菁和以前是两种情态了。

23

田菁来了。

史汐汐感觉到楼下的门开了。田菁是蹑手蹑脚进来的。田菁一定是怕把他闹醒了才如此小心谨慎。其实他早就醒了。他是被左洁的电话闹醒的。左洁不仅把他的困瘾闹得云飞雾散，还闹得他心里很纠结。

史汐汐已经通过了左洁微信好友的请求，给她发了个定位——如果她真来北京，不发个定位也太不近人情了，如果她只是逗他玩玩，发个定位就更没有问题。史汐汐一边起床一边说："过来啦？"

"是啊，你要的东西都给你拿来了。衣服给你拿到楼上？"

"我自己拿。你没把我毛巾、牙杯什么的带来呀？"

"毛巾浴巾牙杯拖鞋什么的，不用带了，用我的吧——都归你了，我那双拖鞋正好大了点，估计你能穿。就是颜色太女人，在家穿穿吧，反正没人看到。"

史汐汐从楼上下来，看到沙发上的一个大纸袋，还有一个塑料袋和那本《世界小号名曲 300 首》。纸袋里是他的衣服，塑料袋里是计算器。史汐汐把手机往沙发上一扔，去卫生间洗脸了。田菁又拎起纸袋上楼了。史汐汐洗好脸出来，田菁也从楼上下来了，还拎了那个纸袋，只是纸袋里的东西少了。

"嘻嘻，我把衣柜简单调整一下，挪点地方，把你衣服挂到衣柜里了，又拿了几件我的衣服。"田菁可爱地朝史汐汐笑着，"猜猜我还给你带来了什么？"

史汐汐没有接她的话——他在想着左洁，家里马上要多了个左洁，该怎么跟田菁说？史汐汐把计算器一个一个拿出来，在桌子上摆好。田菁伸头看一眼冷冰冰的计算器。对于史汐汐没有搭理她，对她带什么来毫无兴趣，有点怯怯的，脸上的笑容就遗留在了脸上，像凝固了一样。田菁回坐到沙发上，拿出手机来，以掩饰自己的尴尬。史汐汐把计算器摆好后，又调整调整，也没有心情玩计算器。左洁来北京的事如鲠在喉，再有一会儿左洁就到了。怎么对付左洁呢？

史汐汐在调计算器的时候，他的手机不停地有微信提醒。

田菁看着他扔在沙发另一端的手机，提醒道："看看手机啊？好像有信息。"

史汐汐依旧没有说话，过来拿起手机，坐下了。

在史汐汐看手机的时候，田菁偷偷看了他一眼。

史汐汐的微信里是左洁连续发来的十多张照片，第一张是深圳高铁站站前广场的照片，证明她到高铁站了。第二张是她坐在高铁一等车厢里的自拍照。接下来的十多张，都是她在英国的照片，有在校园古老建筑前的，有在广场上的，有抱着一叠书在教室里的，有背着书包在花坛边的，有在郊外绿地上的，也有和金发碧眼的女同学的合影，还有一张的合影伙伴是一个干净而阳光的英国男生。这些照片上的左洁都穿高档的休闲装，都是一脸开心或幸福的笑。那张和金发碧眼的女同学的合照，是化过妆的，那种微笑，那嘴角，那鼻子，那眼梢，简直就是麦垛的再现啊！史汐汐在这幅照片上多看了几眼。心想，她发这组照片干什么？是想表明她在英国读书很滋润？

左洁的照片提醒了史汐汐，恍然地问田菁："你刚才说什么啦？好像说带了什么来？"

田菁想说你都不爱搭理唉，话到嘴边又改口了，觉得他刚才走神了，便又重复道："你猜猜吧，我给你带来了什么？嘻嘻，好玩的东西，不知道你喜不喜欢啊？"说罢，从身边的纸袋里取出一个相片框，继续道："去年有一次，我偷拍了你，感觉这张照片挺好的。前阵子没事干，我把它做成这样了。"

田菁把相片框展示给史汐汐看。

是史汐汐的一幅侧身照片，色调很柔和，关键是，照片展示了史汐汐最好的一面，有男孩子刚毅、果敢的气度，又有善心、柔肠的一面。史汐汐看了，也觉得挺好的，照片好，相片框也好，和楼上抽屉里田菁的照片正好可以搭在一起。可能是田菁一起做的。但他没有心情高兴，或那高兴只是冒了个头，还没有浮出水面就缩回去了，棘手的事情就要来了。

"不好吗？"田菁看他表情没有变化，担心地问。

"好……"史汐汐接过了相框，看看，又加重了语气，"挺好。"

"可惜我的照片都不好，没有一张好看的……我也做了两个。"

"看到了，也好。"史汐汐的手机继续响起微信提醒声，史汐汐觉得左洁要来了，还是告诉田菁好，早说早好，早说了，可能田菁还有办法来应对，毕竟疫情期间，家里住个人，可不是小事。便眼睛看着田菁的眼睛，说，"田菁，跟你说个事……商量一个事，挺烦人的事……我的一个同学，女同学，今天从深圳来北京了，要到我家来。这疫情管控这么紧，怎么办啊？"

"深圳的女同学？"

"是啊。"

"左洁？"

"你怎么知道？"史汐汐吃惊了。

"想想，你和谁说过？麦垛，麦垛告诉我的，说你有个女同学，和麦垛很像，连声音都像。"田菁悠悠说道，"你这次在深圳这么久，没见到她？"

史汐汐想起来了，他在"鲁迅手迹"咖啡店等田菁时，没等来田菁，等来了麦垛。而麦垛的出现，吓了他一跳，麦垛太像左洁了。史汐汐当时和麦垛确实说过此事。不过也就点到为止，后来的谈话，也就没有再提。看来，麦垛跟田菁说了不少私密的话。史汐汐说："左洁是去年底回国的——她父母都在英国，她在英国念书。英国她回不去了，疫情全球大流行，她有可能要在国内待一阵子。我在深圳没有见她……我们好久……不不不，高中毕业后就没有联系过，都快五年了。麦垛还和你说了什么？"

"还能说什么？"田菁故意卖个关子。

史汐汐想想，他和麦垛之间，除了那次一夜情，其他也没有什么可怕的。但麦垛保不准不跟田菁说。史汐汐还是不想多说麦垛的话题了，就说："随便她说吧。"

"既然左洁都在深圳了，真奇怪你们居然没有见面……这就对了，她肯定想到你才跑来北京看你的。"田菁一边盯着史汐汐，观察他细微的表情变化，一边平淡地说，"没什么好纠结的，人都来了，请到家里好了。这是你的家，你有权利来决定。"

"可她进不来小区啊？"

"喊，这还不好办？等她到像素西门口，我去接她——你还在隔离期间，又没有出入证，不能出门，我把她接到你家就是了。"

24

田菁到小区大门外，望着草房地铁站 B 口的方向，远远就看到了左洁。因为田菁对麦垛是熟悉的，既然这个左洁像麦垛，那还不好认？再加上史汐汐微信发来指令，说人已出站了。田菁老远就看到了左洁，老远就热情过度地朝左洁挥手。不过在田菁看来，左洁和麦垛并不像，只能说走路的形态和气质上有点类似，说像，怕是不太准确。田菁看到左洁都走近了都没有注意她的挥手，就迎上去，对左洁说："你好左洁，小史派我来接你。"田菁带着左洁在小区门口讲明情况，登记、扫码、测温，费了一番周折，终于进入小区了。

已经是下午五点半了，正是春天的黄昏时刻，西边天际一抹融融的暗紫色从高大的楼层上缓缓地掩来，步行街上的路灯也性急地亮了，和晚霞会合后，巧妙地营造出迷幻而曼妙的光影。田菁和左洁走在光影里。左洁高大的抹茶绿行李箱已经被田菁抢在手里了，小轮子在地上滑动，发出不间断的啦啦声。田菁已经向左洁自我介绍了，说她是史汐汐的朋友，非常欢迎左洁的到来。田菁的自我介绍，让左洁不敢多问了，她不知道这"朋友"是不是女朋友。

田菁把左洁带到 12 号楼 0144 室了。

本来快五年没有见面的老同学，这乍一见，还不知多么的亲热，肯定有许多话要说了。但是，无论是史汐汐，还是左洁，都没有表现出应有的热情，双方像闹了矛盾刚刚和好的情侣，谨慎地保持着各自的语言距离。对于左洁来说，史汐汐身边多了一个田菁是她没有想到的。对于史汐汐来说，左洁的心在英国，早已经不是高中时那个玩计算器的纯洁女孩了。

"路上还顺利吧？"史汐汐说，作为主人，客套话还是要说的。

"顺利。"左洁轻轻搅动着田菁送过来的咖啡，做出了一个笑的表情。

"喝点咖啡。"史汐汐说。

"好。"左洁并没有动咖啡。

田菁说："疫情期间，办了一件大事，就是买了咖啡机。"

"挺好。"左洁的思想有点分散，她看着茶几下边摆了好几叠的画，没话找话地说，"都是你学生画的？"

"也有我画的。"田菁抢着说，给自己端一杯咖啡过来，也到沙发上坐下了，就坐在左洁和史汐汐的中间，热情地介绍道，"这边两摞，都是学生画的，这个，我画的。"

"挺好，怪不得，你们配合挺默契啊！"左洁说的你们，是指史汐汐和田菁。

"还好吧。"田菁说过之后，心里没底，转头看一眼史汐汐。见史汐汐没有表情，便拿出了几幅她画的画，向左洁展示。

从昨天深夜到现在，还不到二十个小时。在这短短的时间里，史汐汐吃了三顿饭，睡了两次觉，在楼上的卧室到处打量打量，还没有机会细看别的地方呢。茶几下层的这些画，要不是左洁看到，提起，他都没有注意。不，好像是看到了，他以为不过是跟他去年看到的那些儿童们画的作业一样，就没有上心。这会儿，他看田菁拿出几张来，也伸头过来看，发觉田菁画得真好啊，都是线描，彩色线描铅笔画的，有风景，有人物，也有猫猫狗狗等可爱的小动物。左汐汐吃惊地发现，还有他的一幅肖像画，模板就是她偷拍的那张。在出门接左洁前，田菁把那幅照片拿到楼上了，可能是藏起来了。可以毫不夸张地说，田菁在画这幅肖像画时，真是下足了功夫，不仅准确、生动地传达了某种信息，使画面的表现更加丰富，表达了绘画者的理念和情感态度，而且层次感特别明显，有着强烈的冲击效果。

"不错。"左洁看了这幅画说，感觉不到位，像是敷衍，又强调道，"挺好，真是太好了。"

"哪里，生活所逼，要混口饭吃啊。"田菁谦虚地说，又转头对史汐汐说，"你陪老同学聊会儿，我去做饭。"

左洁立即拦住了："别别别，我在高铁上吃一大份盒饭，两点多才吃，都要撑死了，晚饭不吃了。"

"那怎么行？哪有不招待客人的？"田菁一脸不依的样子。

"哦对了，你们也要吃饭的。要不你做你们吃，反正我是不吃了。"左洁的话很真诚。

"那……要不等会儿再说？"田菁又转头看史汐汐。她这一连三次的转头，明显向左洁发出一种信号，史汐汐既是你的同学，也是一家之主。

"我也不吃。"史汐汐倒不是要附和左洁，他真是没有一点饿意，但这样说等于要冷淡同学了，便赶紧圆场道，"先聊会儿吧，等会儿再说——吃饭还不是太方便啦。"

"哈，我也在减肥中。那就先不做饭了。那就听小史的，等饿

了再说。"田菁开心了，"小史，你要不要带老同学参观参观。"田
菁说罢，站了起来，越俎代庖地对左洁说，"像素这种房子的结构，
倒是适合教学，楼上楼下的空间相对独立。咱们先到楼上看看。"

田菁在前边领着，左洁也不能不上楼参观了。

左洁跟着田菁走在楼梯上。

史汐汐跟在左洁的后边。

"小心点，楼梯陡。"田菁关照着左洁。

三个人同时走在楼梯上，沉重力确实不小，楼梯发出吱吱呀呀
的呻吟声。

整个参观过程没用三分钟，实际上就是在楼上的大卧室站了
站。田菁指了指卫生间，说了句"这种房子最大的好处就是双卫生
间"，然后就不说话了。其实不用说，左洁也看到了，衣柜里，史
汐汐的衣服和田菁的衣服混合在一起。床上，被子没有叠，平摊
着，被子下面被半遮着的是两只挨在一起的枕头，还有另外两只靠
垫。桌子上，摆着三幅照片，两张是田菁的，一张是史汐汐的。史
汐汐看到照片时，暗自一乐，他以为田菁把照片拿上来，是要和那
两幅一起藏起来的，没想到她直接摆到桌子上了，还和她的照片摆
在一起。

其实有什么好参观的。到了这时候，史汐汐真心佩服田菁了，
说好听点，田菁太有智慧了。说普通点，田菁太有心机了。说难听
点，田菁太狡诈了。他还真没看出来。这明显是给左洁释放一种信
号，他们同居了。

他们回到楼下时，左洁才说："挺好……楼上空间够大的。这

种结构，这种小公寓，挺适合小家庭居住。"

左洁果然上当了。史汐汐又是一乐。

"还行吧？不嫌就好。"田菁顺着左洁的话，"你就住这儿，多住几天。"

"那怎么行？我可不能抢了你们的地盘。我找个宾馆就可以了。"

"客气啥呀，咱们又不是外人。"田菁一副十足的主人范，"我一个朋友，住在对面5号楼1106室，回家过年还没回来，委托我帮她喂喂猫，陪陪猫，今天一天还没过去，那个波斯猫肯定急了。我这就过去——对了，那儿什么都现成的，可以住。小史，你陪老同学再聊聊，我先过去啦。"

田菁说走就走了。临走带上门时，门发出的声响，比平时大了不少。这声音，史汐汐感觉到了，左洁也感觉到了。

左洁兀自地苦笑一声，一屁股坐到沙发上了。

"再喝点水。"史汐汐说，"你真不饿？"

"不饿。"左洁笑了，有点狡黠，又明知故问地问，"她谁呀？"

"你都看到了。"

"怎么不告诉我一声？"

"有啥好说的。没事，你尽管在这儿住，住几天都行。"史汐汐这才要表现出自己的大方来，"反正培训班也没开学，这儿有住的，有吃有喝的，看看，还有这么多计算器，你可以玩玩计算器。无聊时，带你一起去朋友家喂喂猫。"

这只被田菁虚构出来的猫，此时又被史汐汐利用了一次。说完他自己都心虚了。

"是啊，我是要住几天的，我有很多事要办……主要是英国驻华大使馆那边，我要去联系事情，好多事情。往后几天，真要麻烦你们啦。"左洁站起来，对史汐汐下了逐客令，"我也累了，要早点休息，咱们明天见。"

"你真不用吃饭？"

"不吃。"

"明天见。"史汐汐非常心虚地出了门。出门之后，心里还不安，觉得连晚饭都没请她吃，总之是慢待了。

25

史汐汐以为田菁会在楼前等等他的。天已经黑了。春风吹来，还有点凉意，史汐汐四下里望望，小区里的路灯照在各种植物和绿化带上，影影绰绰的。小区里不像以前那么人来人往了，除了开着电动车呼啸而过的骑手和推着手推车送货的快递小哥，很少有人在小区里走动。史汐汐没有看到田菁。田菁并没有在楼前等他。田菁怎么能知道他也会随着她的脚步而出来呢？但她的每一句话都在暗示他能跟她一起出来。史汐汐能感觉到田菁所说的每一句话并不是开心的，是要费心力的，会很累心的。而左洁的强颜欢笑和临时编造出来的英国驻华大使馆之行的托词，也让他有种内疚感。

史汐汐走进5号楼。史汐汐在5号楼长长的通道里走一趟，从"鲁迅手迹"咖啡店门口经过时，看到咖啡店还没有营业。史汐汐知道咖啡店不可能营业的。和饭馆、小吃店的堂食没有营业不一样，堂食不营业，还可以做外卖。咖啡店可没有外卖咖啡的业务。再说了，他是真想来坐坐喝杯咖啡的，就算有送咖啡的业务，他此时的咖啡又能送到哪里呢？史汐汐知道田菁的离开，并不是要把机会留给他和左洁，恰恰相反，是要把机会留给他和田菁。史汐汐徘徊片刻之后，仿佛有一股神奇的力量，牵引他来到了电梯厅。

随着电梯的提升，史汐汐的心反而踏实了。

史汐汐轻车熟路地来到1106室门口，他没有拿出钥匙，而是轻轻地敲响了门。

仿佛有人一直在门里边守候一样，史汐汐刚敲响第一声，敲第二下的手还没有落下，门就开了。

门口站着田菁。就像去年七月那个闷热的雨夜一样，田菁几乎和他贴面而立着。只是田菁不是身穿连衣裙，也没有拎着滴水的雨伞，更不是站在室外——立在门里的田菁穿一件松松垮垮的睡衣，就是史汐汐昨天夜里看到的那件极简的质地爽滑的睡衣，睡衣上的暗色灯影忽闪了一下。史汐汐就看到她两条瘦瘦长长的胳膊从宽松的袖子里伸出来，抬了抬，又耷拉着了。史汐汐眼睛也适应了灰暗的灯色，看到她颈部露出了很多，高高的脖颈、锁骨和乳沟里闪着浮光。史汐汐的目光顺着她的身体下滑，看到她光滑而结实的小腿有着好看的弧度，身体流线十分清晰。而她一直看着他，既大胆、专注，又胆怯、忧郁，还有激动。他的目光又回到她的脸上。他们就这样相互对望着，默默地，从开门到现在，也不过三秒或者五秒的时间。三秒或者五秒，要是在平时，是多么的快啊。可史汐汐感觉已经很漫长了，仿佛是从去年七月一直延伸到现在一样的漫长。史汐汐看到她眼里酝酿的泪水，一直在聚积、聚积，终于要收不住了。史汐汐赶紧轻声说："我是来喂猫的。"她眼里的泪终于流出来了，猫咪一样轻声道："……在等你。"随着话音，她的身体微微地痉挛一下后，缓缓地倒进他的怀里。他也像接住一根面条一样，把她抱住了。

26

左洁留下一张纸条离开了，离开 12 号楼 0144 室了。

史汐汐和田菁看到纸条时，不过是上午八点半。

一大早，还在床上，史汐汐和田菁商量好了，别太早去打扰左洁，一路高铁，八九个小时，肯定很累了，就让她多睡一会儿吧。其实，史汐汐和田菁也没有睡好，还想再睡一会儿，要不是因为左洁，他们还不会起床的。他们起床后简单洗漱一番，来到 12 号楼0144 室时，没想到左洁已经离开了。左洁留下的纸条就放在茶几上，纸条上写道："史汐汐，疫情期间我来北京英国使馆办事，本想住你家，一来方便些，二来可以叙叙旧，没想到把你们挤到朋友家了，这让我非常感到抱歉。我今天要办很多事，晚上就不过来了。祝你们好！左洁留字。即日。"

"你同学真怪啊。"田菁看着纸条说。

史汐汐偷笑着，心想，还不都是你一手导演的？

史汐汐的偷笑让田菁看到了。她也笑了。扔了纸条冲向史汐汐，把他扑倒在沙发上。

"你笑什么你笑什么你笑什么？不许你笑！"

"不笑不笑不笑。"史汐汐在她身底，有点讨饶地说。

田菁又把扔了的纸条重新捡回来，再读一遍，脸上流露出得意的不经意的笑，并且徐徐地吁了一口气。

门口突然响起一声惊叫："簸箕怎么没有啦？谁拿了我的簸箕？"

一听就是小段。小段的喉咙，不论早中晚，只要在走道里或便利店的门口，一张嘴都是有大动静的，大多数时候是脆响的，如果还有皮蛋这个对手，那就是咆哮了。史汐汐印象最深的，是她怒骂、追打皮蛋的一系列举动。另外印象深刻的，是她拍门、叫门送鸭脖子和卤鸡爪的事。

"我去，这都第三次了，还好，笤帚给姑奶奶留下了。你家就缺一个簸箕啊？"小段的声音没有减弱，"你偷一个簸箕你值多少钱？有本事你去抢银行啊？"

"会不会叫你老同学顺走啦？"田菁难得这样和史汐汐调侃。

史汐汐哈哈笑两声，说："以后别提她了。"

"为什么？提她怎么啦？好吧，听你的。"田菁依偎到史汐汐身边，说，"现在不怕小段了，她要再提租咱们房子的事，我就有底气拒绝她了。你说也真怪了，小段那个样子，这便利店也不是她一家开，哪幢楼的楼道里没有便利店？她生意怎么就那么火呢？她那些外国酒水，别的店就进不来？正好又赶上这疫情，谁都不愿离开家门，生意仿佛都叫她给引来了，只有她发大财了。咱们的培训班也不知什么时候能开起来，我都闲出毛病来了，要不是你及时赶回来，再加上小段的骚扰，我非疯掉不可。"

"我想应该快了，三月马上要过去了，四月要到了，四月再一过，天气一暖和，病毒就消失了。"

"啪啪啪，啪啪啪！"门被敲响了。一听这手法，就知道肯定是小段。

田菁要去开门，被史汐汐拉住了。

"怕她？"田菁问。

"谁怕她？我怕她干吗？"史汐汐站起来，把田菁挡在身后，"这敲门也太野蛮了，我去对付她。"

史汐汐把门开了一条缝。

"看到我簸箕没有？"小段对着门缝说。

"没有。簸箕怎么会没啦？"史汐汐还是把门放开了。

"谁知道啊，也真是怪了，这簸箕也不值几个钱，一连被偷了三次。小史，我的亲弟弟唉，你到底考虑好没有？你知道不知道浪费？浪费是可耻的，浪费就是不要脸。你占着茅坑不拉屎就是浪费，就是不要脸哈哈哈，弟弟弟弟，姐说话直，别生气啊，我不是说你的房子是茅坑，话糙理不糙嘛。你把房子换给田老师我也认了。就算是我先要跟你租房子，田老师后提出来要换房子，你不讲先来后到，我也认了，真是认了。可现在，眼下，目前，田老师的培训班也开不了，就算以后，这疫情管理一时两时也不会结束，培训班还是开不了，怎么就不能租给姐呢？租给姐，姐还能亏待你啊弟弟？姐要是规模扩大了，我这簸箕也就能拿到屋里了，也就不被人偷走了……"

小段突然不说了。

田菁从史汐汐身后露了出来，一把挽住史汐汐的胳膊——不是挽，是抱，把史汐汐的一条胳膊抱在怀里，看着小段，似乎要好好听听小段的话。

"天爷啊天爷啊……你们？哎呀，我这脑壳子……我早该想到啊，你们这可是一对小神仙啊，神仙伴侣说得就是你们啊，好好好好好好，真好……这回好啦，更好啦，这房子更空下来啦，你们可以搬回田老师的房子去住，把这房子租给我，弟弟，田老师，不要下不了狠心，你们开个价！"

"段姐，我们不租！"田菁的脑袋往史汐汐的肩膀上靠靠，笑道，"我们不差钱。"

"谁说你们差钱啦？你们怎么会差钱呢？我早就知道你们不是差钱的人，差钱能各买一套房子？我这点眼光还是有的。可是，谁又嫌钱多？"

"段姐，真不租。段姐，小史还在隔离中，不便和人接触，回见啦！"田菁说罢，把门关上了。门一关上，就是自己的世界了，田菁就笑了，田菁就笑得都站不住了，又不敢笑出声来，怕被门外的小段听到，直接笑倒在史汐汐的怀里了。

史汐汐也笑。史汐汐把田菁抱回到沙发上，说："我看到小段刚看到你的眼神时，太好玩了。田老师够意思啊，什么叫人狠话不多，就是说你田老师啊。不过，我觉得，这个小段，不会善罢甘休的，只要咱们的房子一天没有用起来，她就会惦记着。叫她惦记着，总不是什么好事。不怕贼偷，就怕贼惦记。这女人咱可惹不起——也不是惹不起，是没必要惹。她太难缠了。”

“那怎么办？”田菁说怎么办时，口气是愉悦的，根本不像是担心怎么办，她调皮地推拥着史汐汐，缠绵在他怀里，磨磨蹭蹭，像一条落到岸滩上的小鱼，不断地游动，一副小女人嗲嗲的味道，变着腔调说，“你怎么也叫我田老师啊？田老师都是我那些学生叫的，你要换一种叫法。就叫我田菁好了。”

小段又在走廊上叫唤了，声音更加的炸烈。史汐汐和田菁不约而同地不再去听她在叫唤什么了，他们鱼水一样地缠绵在一起。

从昨天晚上到今天天亮，史汐汐和田菁都没有时间说情话。不，不是没有时间，是来不及说，他们一直沉浸在蜜汁一样的情感里，特别是心理上压抑许久的田菁，一旦情感得到释放，就开始无限爆发了。史汐汐也同样淹没在无边无际的情感海洋里。现在，一切尘埃落定后，在他们熟悉的环境、熟悉的空间中，要把一直没有表达过的情话表达出来。虽然每句话都是废话，每一个动作、每一个眼神、每一种腔调、每一寸抚摸都没有实质意义，但又意义非凡。一对没有热恋经历的人直接享受着爱情的极致，是要把热恋的过程补回来的。

第三部

27

史汐汐刚开始隔离时，像素小区的枝头还光秃秃的，春天的讯息还躲起来像捉迷藏一样地探头探脑。而到隔离结束后，已经是四月上旬了，到处一片绿意，叶子已经有了叶子的样子，那种嫩嫩的、毛茸茸的、水润过的绿，看着舒心极了。史汐汐第一次一天天地感受到春天的脚步，感受到春天的变化。他也经常于恍惚中，回到小学时代的暑假生活里，待在家里不出门，成天沉湎于手机游戏中，有饭吃，有水喝，有水果，有零食，还有唠唠叨叨的妈妈。只不过，在手机游戏中，又穿插了计算器特殊的音乐和小号的旋律，妈妈的唠叨也变成了田菁美丽的身影和亲切的话语。这一切当然都拜田菁所赐了，都是她的春天的作品了。史汐汐觉得生活真是奇妙，人也奇妙，去年下半年，确切地说，是从九月以后，他几乎天天看到田菁，看着她忙忙碌碌，看着她匆匆来去，看着她耐心地对付那些可爱的孩子们，耐心地和家长们沟通，没觉得她有多么了不起，也没觉得她有多么的好，多么的可爱。疫情期间的各种限制，加上他经历的一些事，一些思考，一些暴风骤雨一样的洗刷，她的光芒才渐渐地在他心头绽放，特别是他从深圳来到北京后，仅仅两天时间，他生活就翻开了新的篇章。他也像这春天的树叶子，先是鼓出一点点嫩黄芽苞，然后张开了绿芽，再然后，舒展成叶子，后来全世界都是春天了。

　　隔离结束的第二天，下午三点多钟，史汐汐带着新办的出入证，和田菁一起上了一趟街。他不是要买什么要上街。买什么，都让田菁给办了。他只是想出去看看，到街上走一走，晒晒春天的太阳，吹吹春天的风。田菁也非常乐意和他一起上街，一起走一走。田菁还细心地打扮一番，像春光一样鲜亮。他们手挽手地从小区西门走出去，款步来到草房西路上。本来就车辆稀少的草房西路上，此时几乎没有车辆通过了。他们走在路边的人行道上，手和手扣在一起，互相依傍着，慢悠悠地走到和五里桥二街相交的十字路口。那里是一个红绿灯管控的街口，本来正是绿灯时间，如果紧赶几步，是可以通过的。但他们没有紧赶，而是等绿灯走完，再等红灯走完，在四十多秒的绿灯中依旧保持慢悠悠的节奏，通过了路口。这边就是像素的非中心了。非中心像园林一样，绿化真好，最早的一波月季正在怒放，迎春花也展示着一串串艳丽的鹅黄，最喜人的是梨花，不知是什么品种，已经一树的洁白了。史汐汐看到本来只有一米五左右高的铁艺栅栏上，又加了约六十厘米高的铁丝，这大约是疫情期间的特别布置吧。栅栏上有凌霄花的藤蔓，那根从老藤上新生的新藤，已经窜出了十几厘米高，做出了攀爬的姿态了。史汐汐和田菁站在栅栏外边，欣赏着花草藤蔓的新芽，还有路边绿化带里的各色野菜，能感觉到它们经历一个冬天的蛰伏，正欢欢喜喜地在春风中陶醉呢！田菁更是了得，居然能叫出几种野草的名字来，附秧、蓝花草、野薄荷、灰条菜、黑白丑什么的。史汐汐听着新鲜，问她什么叫黑白丑。她说："就是牵牛花。"史汐汐想起去年在树村一个破败的庭院里看到的牵牛花，看到成片成片的牵扯和密密开放的蓝花红花，觉得植物们都很神奇，无论在哪里，都可以展示自己的风采。他们沿着非中心的铁艺栅栏走了一圈，栅栏里外都有好风景看，而他们也仿佛是风景的一部分了。他们很希望能有人看到他们幸福、自在的样子。田菁还把口罩拉到了下巴上，露出好看的神采奕奕的脸。可惜路上的行人实在是太少，碰到熟人的概率更低。不过这又有什么关系呢？他们照样还是开心的，惬意的，愉悦的。他们在下午的阳光里走了两个多小时，虽然范围并没有离开像素和非中心的四周，但已经十分满足了。

晚饭他们没有做，而是点了份肯德基全家桶。他们一边吃着全家桶，一边有一搭没一搭地看电视的时候，史汐汐的手机响了。一看，是妈妈打来的。

"汐汐，我是妈妈。"

"妈，我吃饭了。"

"吃什么好吃的？有人给你做饭了吧？"

"没，吃肯德基。"史汐汐一直没有和妈妈说田菁的事，可从妈妈的口吻中，似乎知道有田菁这么个女孩的存在了。

"说话方便吧？"妈妈的口气有点不对。

"方便。"史汐汐很干脆，说完看向田菁，明显是表明，并没有把她当外人。

"谈女朋友啦？"

"唔，谈了。"史汐汐继续看田菁，还跟她挤了下眼。

"是你的合伙人？"

田菁听到手机里的声音了，一块咬到嘴里的鸡块又拿出来，看着史汐汐，也跟他伸了下舌头，还把脑袋凑过来，试图听得更清楚点。

史汐汐躲了躲，并不是真的要躲，是田菁触碰到他脸上的头发弄得他痒痒的，然后又向她靠了靠，尽力让她听到妈妈的声音。

"汐汐，谈恋爱妈妈不反对。妈妈一直支持你谈恋爱。男孩子早点结婚好，成家才能立业。可是……我知道你现在在家里，我也知道你说话不方便，不过不要紧，妈还是要把话说完，妈听说了你的合伙人就是你的女朋友？这当然没什么不对，妈也想到过了，只是……其实漂亮不漂亮另外再说，瘦人也没什么不好，我就瘦。可我听说你女朋友脾气暴躁，经常暴粗口，像骂街一样，早上天没亮又开始大喊大叫了，为了个簸箕都没完没了。"

"妈，你听谁说的，你要笑死我啊？左洁告诉你的吧？那不是我女朋友，那是我家对面开便利店的，她叫小段，她是个胖子，你搞混了好不好？"史汐汐又好气又好笑。

"是吗？是我听错啦？"

"当然。人家叫田菁，天天哄孩子学画画，像小猫咪一样，哪来的暴脾气？"史汐汐朝田菁做着鬼脸，"妈我挂了啊，还在吃饭呢。你就放心吧。"

挂了电话，田菁忧心忡忡地说："这可怎么办？左洁是不是故意使坏？她肯定恨死我了，还不知道添油加醋说我什么了。"

"不会的，肯定是一个没有说清楚，一个没有听清楚。"史汐汐说着，手机响起了微信提醒声。他看看手机，说，"我妈真是操碎了心啊！跟我要你的照片看。怎么办？把你的大美照选几张，震震她。"

"我哪有大美照啊？害怕死了……妈看到我的照片会失望的……我跟你一起选啊。我就是没有好照片。你要帮我好好拍几张。"田菁苦着脸说，"你以前没给妈发过我照片吗？"

"你没同意，我哪敢发啊！"史汐汐说着，就举起了手机，"我现在就帮你拍几张，总会选到好照片的。"

"等等，我要去洗把脸。"

田菁去洗脸了，还补了妆，换了新衣服。摆好姿势后，又要去刷牙。

史汐汐也乐了："拍照看不到牙齿的。"

"那也不行，刚才吃肯德基，满嘴都是鸡肉味，我自己不舒服，拍照也肯定受影响。"

田菁收拾妥当了，在屋里的各个位置，窗户边，沙发上，厨房里，变换各种造型拍了几张之后，田菁都不满意。史汐汐和她意见相反，都满意。

"都好，都漂亮，哪里不好啦？"

"你审美没问题吧？没经我同意，不许发给妈妈啊！"田菁再次警告。

　　就在他们忙着拍照的时候，史汐汐的电话又响了。这回是爸爸。不用接电话，史汐汐都知道爸爸会说什么。一定是妈妈打电话给爸爸了。一定是妈妈把他的情况向爸爸通报了。妈妈也一定会抱怨爸爸没有好好管管他了。而且少不了还会添油加醋一番，把田菁说得多么的不堪了。爸爸肯定会帮妈妈说话，肯定会劝他好好听妈妈的话，别惹妈妈生气。史汐汐决定不接爸爸的电话，也不去掐断，就当是没听到。

　　"怎么不接手机？"

　　"爸爸的，不想接。"

　　田菁也马上意识到这个电话一定和上一个他妈妈的电话有关联。史汐汐不接也一定有不接的道理。但是，让史汐汐没有想到的是，爸爸的微信随即就到了，说他在像素小区西门的门口了，让史汐汐出去拿东西。

　　"我爸来了。"史汐汐紧张了。

　　"啊？他会不会来咱家？不会，他没有出入证，进不来。"田菁紧张道，"你去门口接一下。别把你爸带来家啊！"

　　"菁菁，我有个主意。"

　　"什么主意？"

　　"你和我一起去见爸。爸要是来家里就来，要是不来，也让他看到你了——这样最自然，什么话也不用多说，既说明我们的关系了，也表明了我们的态度，照片也就不用拍了，妈妈很快就得到爸的情报了。"

　　田菁觉得也对。田菁想了想，心里还是发虚。但又觉得没有比这个更好的办法了。既然和史汐汐都发展到这个份上了，下一步就要谈婚论嫁了，肯定要见他的家人的。迟见不如早见，早见不如马上见，再丑的媳妇也要见公婆的。何况他爸爸就在北京，住的房子又是爸爸买的。而这个时间点也比较合适，晚上，天色暗，虽然也有街灯，也比白天的光线弱，人在弱光下会掩饰一些弱点的。田菁点头同意了。

28

田菁再次收拾一番，和史汐汐一起下楼了。

他们迅速穿过像素楼群之间的便道，从步行街那儿出了西门。

路边灯光下，史汐汐的爸爸站在车子边，拎着一个大塑料袋正往小区里张望，他居然没认出已经走到他跟前的儿子，直到史汐汐叫他一声爸，他才看到，才露出惊喜的神色——可能有几个月没见到儿子了，也可能是看到史汐汐身边的女孩了，居然有些拘谨。

史汐汐对田菁说："我爸。"

"叔叔好。"田菁礼貌、大方地说。

老史可能已经有心理准备了，说："好好好。"

"爸，这是田菁。"

老史又一连说了几个好好好，这才把大塑料袋交给史汐汐，说："你妈让我给你带点好吃的。我随便从超市买点。反正疫情期也没什么事，平时好好做饭，别天天叫外卖，外卖油大，菜咸，营养不够，也会把人吃懒了。肯德基麦当劳也少吃。空了常给妈妈打打电话。你妈喜欢听你打电话的。"

"知道啦爸。爸，我们走啦！"

"我选个时间，打你电话，你带小田到家里来吃饭。"老史的话，也是说给田菁听的。

"知道啦爸。"史汐汐拉着田菁迅速走了。

走到步行街上，田菁还心有余悸地说："吓死我啦。"

史汐汐回头看看，爸还站在门口的大路边望着他们。史汐汐便跟他挥挥手。田菁也挥挥手。爸举起了两只手，在天空摆摆才上了车。

田菁说："这就完啦？连两分钟都没有啊！还以为你爸有多凶呢。那么好……你爸很年轻啊！"

"当然，"史汐汐一点也不替他爸谦虚，又说，"我猜，爸肯定在和妈通电话。最多五分钟以后，妈就要来电话了。"

"别说了，人家又紧张了。"

他们都回到 5 号楼 1106 室了，妈妈的电话还没有打来。田菁和史汐汐虽然有点害怕这个电话，又期望这个电话。可这个电话迟迟没来，让他们心里没谱，就像在颠簸的公交车上缺少了抓手一样。不过史汐汐心里倒是踏实了。如果妈妈没打电话来，说明爸妈的意见是一致的，对他们的儿媳妇是满意的——毕竟爸爸见到了真人，比照片又靠谱多了。而田菁的想法就不是这样了，她一边把塑料袋里的东西一样一样地往外拿，一边惶惶的，像是等待判决一样。爸带来的都是好吃的菜，有虾米、香肠、菌子、鱼干、笋干、木耳，还有海参。

史汐汐像是知道田菁的心事似的，说："爸知道我们俩的事，一定是妈说的。爸刚当了侦察兵，他是专门侦察来的，他怎么不向妈汇报呢？要不我主动给妈打一个电话？就说爸带来了许多好吃的，看妈怎么说。"

"别……再等等嘛，急什么？你看我都不急。"田菁言不由衷地说，"你觉得爸会在妈面前怎么说我？会不会说我不好？他们会满意我吗？"

"满意是必须的。"史汐汐说，"也不看看他的儿子是什么出息，要是不满意，再也找不到这么好的儿媳妇了。我敢打赌，肯定是一千个一万个满意，否则，依我妈那性格，电话马上就到了。"

田菁乐不可支："你爸这么细心，买这么多好吃的，肯定也有妈的意见——他们怕我们营养不良。"

"那当然。"

"讲真的，我们是要好好做饭吃了，常吃外卖确实不好，油大盐大口味重，会把我们吃残废的。可惜我做菜水平太次了，要上网查查，好好学做几道菜——好吃好看又有营养的菜，把你养得肥头大耳，白白胖胖，免得你家里人担心你。"田菁也终于不再挂念感觉会来又迟迟不来的那个电话了，被这么多好吃的菜感染着，便说，"画室有一个电磁锅，我想去拿到这边来，从明天开始，好好做饭吃。"

"好呀，我陪你一起去。"

再次走在小区的灯色里，史汐汐和田菁的心情和刚才完全不一样了，他们像通过了大考一样，俨然是一对居家过日子的小夫妻了，一路上还在讨论着做菜的诀窍。到了 12 号楼的走廊里，远远就看到小段的便利店门口出出进进的都是穿工作服送货的骑手，还有三四个骑手在门口等着，就连 0144 的门上都倚着一个等货的骑手。田菁说："我都羡慕小段了，生意真好。但我又很怕她，她看我们画室一直不开班，又要打房子的主意了。要不干脆这样，我们搬到这边住，把 1106 租了。小段看我们住在这里了，肯定就死了那条心了。"

史汐汐说："这主意不错，但是不好。疫情已经得到控制了，感染人数在天天下降，好多省都清零了，有的地方学校都开学了，我看绘画班马上就能开起来。"

他们打开 0144 的房门，拿了那个电磁锅就出来了。这只电磁锅是炉锅一体化，可以炖菜吃。

他们刚离开门口，身后就突然传来一声大笑，小段从便利店出来了，她提着一袋货品给一个骑手，又大声对其他骑手说："你们别急啊，急也没用，正在配货。"

一个胖子骑手调侃道："再配不出来，把你给配了。"

小段大笑道："说话要注意啊，小心我嫁给你，住你家的房，睡你家的床，坐你家的车，还要花你辛苦赚的钱，再给你生十个八个的娃，坑不死你！"

胖骑手说："败给你了，你快点好不好？"

"我也想快呀，这饭得一口一口吃是不是大哥？"小段又冲便利店大声吼道，"配货的你手速能不能再快一点！"

史汐汐和田菁都看到小段了。半个月没见，小段又胖了，脸上的肉都挂到脖子上了，或脖子是脸的一部分了；腰上的肉也挂到了屁股上，或屁股是腰的一部分了。可能是肉多膘厚吧，她只穿了个短袖T恤，提前进入夏天的状态了。她胖而灵活地扭转着身体，应付着周遭的所有人，却一眼看到了史汐汐和田菁，赶紧大声喊道："嗨，小史，小史……田老师，我正要找你们耶！"

史汐汐拉着田菁就跑了。

29

史汐汐连续多天和田菁一起研究菜谱，按照菜谱上的方法，学会了几样大菜。特别是抖音上的现炒教程，他们更是亦步亦趋地学，醋熘大白菜、醋熘土豆丝、红焖茄子、西芹香干这些家常小炒，就是在抖音上学会的。田菁学会了，史汐汐不甘落后，也学会了。原来也没有什么难的，只要认真去做，就没有不会的。特别又是防疫期间，有大把的空闲可以消磨，学几道拿手菜，也算是没有虚度这美好春光。关键还可以让父母放心，偶尔通过微信，发几盘菜给他们看看，让他们觉得，这样的生活才像日常的家居生活。

疫情期间的居家生活还有一个特性，就是人的品性都发生了很大的变化，头脑也变得更加简单了，互相说话，仿佛都变成了无厘头，如果拿以往的说话方式做衡量标准，完全不在一个层面上，甚至要退回到幼儿时代。史汐汐和田菁就是这样的，每天你一句我一句说些幼稚和可笑的话，你爱我我爱你地闹闹，皮皮，玩玩，既好玩又真实，实实在在地打发了很多无聊的时间。

“就是，你连画画都那么牛，做个小菜还能难得住你？不过蚝油扒冬菇和岁寒三友我的水平比你高。”有一天，史汐汐在和田菁交流厨艺时，先是夸田菁，后又自夸地说，“你承认不承认？黄芽菜心、鲜香菇、大海米，一锅烩，三友三味，生熟交汇，真是一等啊！”

“哪能敢不承认？说得我都流口水了。”正在伏案画画的田菁转过头说，“我做的松鼠鲈鱼呢？你给评论评论。”

“那还用说，是一等一的高级。”因为昨天才吃这道菜，史汐汐还口有余香，当然不吝赞美之词了，“呀，一条快两斤的大鲈鱼，竟被一扫而光。别说，我还真佩服你的刀功，我看你取鲈鱼的背骨和两肋胸刺时的熟练劲，还以为你是厨师学校毕业的，花刀更是了得，斜刀、直刀、横刀，几下就成了，味道更是一绝，酸甜松脆、细嫩鲜香，啧啧啧，简直了。”

田菁高兴了，不画画了，丢下彩笔，跑过来，坐到沙发上，把史汐汐的手机抢过来，朝他怀里一倒，说：“你爸拿来的海参还没吃呢。海参是高蛋白，营养极为丰富，得查查，看看海参怎么做才好吃。”

“又偷懒啦？是你让我监督你画画的，你不是要画一套《老公一天的行状》吗？这才第四张，就磨洋工啦？”

“第五张好不好？不是磨洋工，是研究菜谱，磨刀不误砍柴工，这不都十点多了吗？我马上就要下厨了。”田菁装作伤感的样子，噘着嘴说，“知道我最后悔的事是什么吗？就是我给你做的第一顿饭，过了这么多天了，我还后悔得不要不要，真是难吃啊。老公，那天是失手了，真不是我的真实手艺——你现在知道我多厉害了吧？不过我还要努力的。"

"不会吧老婆？再努力也不是今天，今天轮到我下厨。我要表演一道香芹肉丝，还有一道冬瓜海米。"

"我给老公打打下手嘛。明天就要做海参了，多待在厨房，酝酿酝酿、感受感受厨房气息，也是学习的一部分啊。我要再不学习，你的厨艺就超过我了。我可不想被你比下去。我发现，谁的厨艺高，谁的家庭地位就高。"

"亲爱的老婆，你别想高过我。你还要在画画上大发展呢，做一个举世闻名的插画师可别光想着怎么做菜。"史汐汐搂搂田菁，"再说了，海参可不是随时做的，海参要提前发，热水泡，如果明天做，三天前就得发好备用。"

"啊？那么久啊？"

"是啊，我小时候听爸爸讲一个笑话，说他一个朋友，经常参加朋友的饭局，自己却不爱请客，可能是因为老婆管得厉害，经济不能独立吧。有一次吃宴席，上了一道叫量子海参的菜，大家都夸量子海参好吃。东道主也大讲特讲了一通量子海参。我爸的这个朋友也是要面子的人，正好家里有一盒别人送的海参，当场就约定日期，请朋友到他家里吃海参，他要亲自下厨，做一道特色海参大菜。大家不知道他的特色海参大菜怎么个特色法，如约到他家里，只见他在厨房里忙活一通后，端出来一盘黑不溜秋的东西，说这就是他发明的糖醋干煸海参，招呼大家下筷子。有人夹了一个，放嘴里一咬，根本咬不动，像铁一样硬，差点硌掉了牙齿。后来问清情况，原来他只是把盒装的海参，在水龙头冲洗一下，直接放热油锅爆煸一通起锅装盘端上来了。大家听了，一通哄笑，席散。哈哈，他只在饭店吃过海参大餐，却不知道海参是要水发的，而且要发好几天。我妈听了这个故事，差点笑晕了。"

"老公，常听你讲小时候的故事，感觉你们家挺好呀，怎么你爸妈就分了呢？"

史汐汐就不说话了，也不动了。

田菁感觉到了，拿过史汐汐手，轻抚着，轻声说："对不起。"

史汐汐把她搂搂紧："你可别跑了。"

"跑不了。"田菁柔声细语道，"我觉得，家庭生活里，一定要有一种互相吸引和共同喜欢的氛围，还要有不断的期待，不断地要有所期待。"

"是，嗯，确实，是这样……亲爱的，你就是我的氛围和期待。"史汐汐哽咽一声，一颗泪滴落到田菁的脸上。

田菁吓了一跳，伸直手臂，想拭去他眼角另一颗泪。但她手臂没够着。史汐汐把头低了低，她够着了。田菁的手白皙、细腻，手指很长，手背上还有一排四个小肉坑，特别是触摸他的时候，她的手特别的柔软。

"我看到楼底的那家美甲店开业了。"史汐汐吻吻田菁的手，"扫码、登记、测体温、戴口罩就可以进，哪天陪你去美美甲。"

"真的呀？"田菁高兴了。

"真的。"

"不是，不是不是……"田菁激动地说，"我不是要去美甲，我是说，美甲店要是能开业，那咱们这培训班也应该快了。"

"是呀，我怎么没想到。对了，'鲁迅手迹'也贴预告了，明天开业，也只需要扫码、登记、测体温就行了，不过不许群体聚集，一桌最多坐两个人。"

"我要上教育官网上查查，感觉咱们应该也快了。"田菁滚落到沙发上，坐起来，立即查手机了。让田菁深感失望的是，教育官网上的公告栏里，还是没有更新老信息，即暂停一切形式的培训和讲座活动，各级学校也暂不开课，小学、中学在家上网课。田菁叹息一声。

田菁一叹息，史汐汐就知道了，他安慰道："别急老婆，美甲店和咖啡店开业就是好兆头，教育系统的管理肯定会更严格，更谨慎，但也总有一天会恢复正常的，没见这些天的新闻吗？许多地方学校都开学了。今天晚上我要多做个菜，刚才说要做香芹肉丝、冬瓜海米，还可再加一道葱爆海蜇头，再喝杯啤酒，预祝一下。"

"预祝个头啊，这也好预祝？"

"好啊，预祝就是快要发生才预祝啊，还有一层意思，引领。咱们一预祝，一引领，速度就提起来了，也许下周，最迟下月，就可以开班了。"

"下周就是下月，就是五月了好不好？对呀老公，这几天老有学生家长微我，问我何时开班，这是好兆头啊！喝酒喝酒。我来买酒啊。买啤酒好不好？再来瓶红酒吧，上次小段送的那款红酒怎么样？"田菁的话换移很快，"反正我是喝不出来的，什么酒都一个味。"

　　"不要买小段家的酒，防止她发现咱们。"史汐汐还是很警觉，"一周前我们在小段便利店门口不理她，她一定恨死我们了。要是买她家的酒，她就发现我们的门牌号码了。"

　　"你怕她，我可不怕她。"田菁说，"不过还是躲着点好。"

　　但是，百密还是有一疏，史汐汐和田菁还是泄露了天机——倒是没买小段便利店的酒，在附近随便选了一个店，没想到送酒的骑手不是别人，正是皮蛋。当田菁看到敲门的送货小哥是皮蛋时，心里一紧张，知道坏了。皮蛋虽然被小段赶出便利店了，不住在店里了，但还会给便利店送货，还会死皮赖脸地跟小段调情。自从史汐汐和田菁搬离了 12 号楼 0144 室之后，小段在开始的几天里，多次通过微信询问田菁和史汐汐去哪里了。田菁和史汐汐口径一致，只说住到别地了。小段见不到他们的人，也就没再提租房子的事。加上上周去拿电磁锅也没搭理她的喊话，她还不是恨死啦？既然皮蛋发现了，也就相当于小段发现了，要不了多久，小段就会找过来了。

　　正如史汐汐和田菁预料的那样，小段果真在第二天敲开了 5 号楼 1106 室的门，她拎着四瓶德国白啤和两瓶法国红酒，笑容可掬地说："住在这儿啊？我还想呢，去别处住了是哪个别处？原来还在北京啊，原来还在像素啊。我没有事，就来看看你们。你们这么好……真是天造地设的一双。听皮蛋说你们住在这里，还经常在网上买酒，我还不信，皮蛋狗日的话十句有九句假，只有一句真，我一般不听，这回我也不听，哈哈姐还是听了，也难得这小子靠谱了一回。拿两种酒来给你们尝尝——不是专门送酒的呀，主要是考察一下皮蛋提供情报的真实度。"

"段姐你看……我们有酒。"田菁不好意思了。

"不是说你家没有酒，朋友嘛，就得互相吃吃喝喝，能在一起吃吃喝喝的朋友才能天长地久，何况咱们还是门对门的邻居呢，拿着拿着，我也不能多说了，店里忙死了，找了两个店员也不够用的，好多事还得我亲自上前。走啦！"

这次小段没有提租房子的事。史汐汐和田菁还有点不习惯，是画风变啦？还是放长线麻痹他们的？

30

五一小长假眨眼过去一周多了，像素小区里有一种初夏的感觉。初夏的感觉是特殊的感觉，气候好，温度适中，有点夏天的意思，可以穿夏天的衣服，又不像夏天那么热，动不动就出汗；同时初夏的感觉又有点春天的余韵，让人有一点点慵懒。

一个微风清爽而和煦的晚上，史汐汐和田菁手扣着手，在像素小区里散步。

像素小区分南区和北区，中间有一条东西走向的步行街相隔。疫情没发生之前，步行街上每天晚上有四五群跳广场舞的队伍在跳舞。疫情防控期间，舞蹈队的大妈们一直没再出动。都以为在响应号召，躲在家里为抗疫做贡献了。实际上，她们贡献也做了，舞也没有消停下来，许多人家的窗口，还会在这个时间段里有人影在舞动——即使一个人，即使用手机当音响，也挡不住大妈们跳舞的热情。田菁的一个学生家长，曾经是广场舞蹈队的领舞者，今天突然给田菁语音留言了，邀请田菁晚上出来跳舞。田菁将信将疑，广场舞可以跳啦？要是广场舞可以跳了，说明疫情防控进入了新阶段。为了探明究竟，田菁就和史汐汐往步行街走来了。

　　夜晚的小区里，灯光一直都特色鲜明。交叉布置在各楼群间道路上的路灯是白色的，楼群和楼群之间的大片草地和绿化带里藏着的地灯，是橘黄色的，而步行街上的街灯，就有点五花八门了，可能是经常损坏，经常更换的缘故吧，有红的白的黄的，还有两盏淡绿的。平时，史汐汐和田菁都没有发现小区里各种灯色的变化，这天晚上他们发现了。这些灯色的互相交错，互相融合，又互相影响，让像素的夜色特别的美，有着一种舞台般多彩的魔幻般的亮色。而且这些灯色，和小区高楼里每户人家的窗口里映出的灯光，又互为交融，互为渗透，照耀在小区的各种大树和绿化带上，又形成新的别样的光影。史汐汐和田菁一边追寻着这些光影，一边来到了步行街上。虽然事先有学生家长领舞者的透露，史汐汐和田菁看到舞蹈队，还是惊喜了。步行街上的各支舞蹈大军又杀回来，又开始喧闹了，真让人兴奋啊！谁都知道，广场舞是群体性聚集，疫情期间是禁止的。既然广场舞都开禁了，那其他行业特别是教育系统，也应该加快放开的脚步了。而更让史汐汐和田菁激动的是，从一支广场舞方队里冲出来一个老大妈，直接冲到了他们的面前。大妈摘下口罩，大声跟史汐汐和田菁打招呼："田老师史老师你们好啊，你们画画班多会儿开学啊，我家孙女天天在家画画，一边画一边念叨，要上你家学画画呢！"田菁看她激动的样子，也激动地说："快了快了快了，一接到通知就通知您。"

广场舞的重新舞动，给田菁带来很大的信心，她对史汐汐说："咱们要整整教室了，看样子说开学就开学了。"

史汐汐和田菁就来到了12号楼0144室。他们四下里打量打量，还是那么的亲切。更让他们受到鼓舞的是，又来了一个学生家长，询问他们何时开学。田菁还是那样的回答："快了快了快了！"

他们决定，明天来整理、布置教室，摆好座次，做好要开学的准备。

史汐汐和田菁准备离开的时候，感觉不对劲。哪里不对劲呢？原来缺少了小段的大呼小叫声。这就让他们感到奇怪了。更让他们感到奇怪的是，对面的便利店关门了。晚上可是便利店营业高峰期啊，骑手们都要排队等货啊，怎么会这么冷清？小段那么能吃苦，那么会赚钱，她怎么会关门歇业？而且近期的小区入住率越来越高了，人流量也越来越大了，生意会更加火爆的。

"是不是搬走啦？"田菁说。

"有可能。那天她送酒不是没提租房子的事吗？可能那时已经搬了，或者决定要搬了。"史汐汐分析道，还把耳朵贴到门上听了听，"如果是搬了，还送酒，说明小段还在做便利店的生意。"

"那她会搬到哪里呢？"

史汐汐分析道："只有比这个房子更理想，才有可能搬。"

"要是这样就好了。"田菁心里也放下了一桩事，"她的理想就实现了，我们也不担心她再打咱们房子的主意了。其实，小段还是挺好的，就是嘴大了些。"

　　"那也是她的生活方式吧。"史汐汐同意田菁的话，又说："今天高兴，咱们去'鲁迅手迹'看看？要是开业了，就去喝杯咖啡。"

　　"是祝贺小段吗？"

　　"也是祝贺我们吧。其实我们也想她发展得更好。"史汐汐说。

　　他们离开时，田菁也学着史汐汐的样子，把耳朵贴在曾经的便利店的门上听听。当然是没有一点动静了。史汐汐还过分地敲敲门，把门敲得咚咚响，这才离开。

　　他们来到了"鲁迅手迹"，果然开门营业了。这让他们的好心情又得到了延续。

　　如前所述，这家咖啡店很有特色，到处都能体现鲁迅的元素，一进入咖啡店，仿佛进入了鲁迅纪念馆，鲁迅各个时期的照片，鲁迅图书的多种版本，关于鲁迅研究的期刊和书籍，分布在咖啡店的各个角落。史汐汐和田菁出示了"京康码"，测试了体温，登记了姓名手机号，来到了咖啡店的楼上。楼上的灯色是咖啡店特有的灯色，和咖啡店的氛围非常的匹配，光影柔和，明暗适中，很适合独处、情侣小坐或和知心朋友的小谈，再有口味适合自己的咖啡相伴，生活的美好尽情显现、尽在其中了。史汐汐和田菁好久没有感受这种氛围了，心情大好。他们点了情侣套餐——两杯咖啡，还有小点，便各自互相望着，那温情的相望，那会心会意的微笑，仿佛是咖啡店的一个注解。

　　他们所在的楼上空间，有三组顾客共五人，除他们而外，在斜对面最远距离的位置上，是一个帅哥，正在笔记本电脑上敲打着什么。相隔两排座位的，是两个女孩在慢悠悠地饮着饮料，还不时地小谈什么，她们说话的声音很小，史汐汐和田菁根本听不到。事实上史汐汐也不想听。偷听别人的谈话本来就不礼貌，何况和自己又毫无瓜葛呢。但是，他还是听到女孩一言半语中传来的"吉他""黑管""钢琴"等单词。史汐汐看到，那个背向他的，穿白色卫衣的女孩在说话时，还配着小幅的手势。那只手修长而白皙，手指上的指甲油五彩斑斓，黑白红黄绿，交替着，像联合国门前飘扬的各色旗帜。史汐汐在她侧身转头时还是吃惊了不小，这不是树村的那个误伤他并为他包扎伤口的唱歌女孩吗？她来这里干什么？她怎么会在像素的咖啡店里？

史汐汐在震惊之余，脑子凌乱了。她告诉过史汐汐她叫什么名字的，似乎挺有意思的一个名字，还要加史汐汐的微信。不知什么原因，史汐汐没有加她。她这时候出现在这个地方绝不是偶然。史汐汐记得她的歌声，她喉咙沙哑，很好听，还记得她为他包扎伤口。世界很大，世界又很小，在无法预见的时候居然遇见了。她不在树村啦？她来像素会朋友啦？这个和她约会的女孩也是音乐发烧友？史汐汐真想过去和她打个招呼，和她说点什么。说说树村，说说树村的地下音乐，说说她树村的朋友们，说说树村的现状。说什么都行。可田菁在，他还是犹豫了。他一方面怕引起田菁的多想，另一方面，也怕这个女孩不认他。就在他一犹豫的当儿，机会就错过了，两个女孩同时起身，离开了二楼。她们从他身边经过时，他希望她能看到他，并认出他来，最好能打声招呼。可是她并没有看他。随着楼梯响起的踏步声，他深感失望了。

"老公，明天我想去一趟区教育局社会教育处，了解下情况。"

田菁吃着一块奶油夹心饼干，小声道，"你陪陪我呀？"

"好呀，我们一起去。"史汐汐尽力不让自己的心不在焉流露出来。

"哎呀，还要整理教室呢。"

"回来再整理。我有一种好的预感，感觉培训班就这几天就要恢复了。"史汐汐自信满满地说。

"我也有这预感。"

"那就这么定了。"史汐汐嘴上的话都是和田菁在说，心已经跟着树村来的那个女孩走了，仿佛正行走在树村的街道上，那萦绕的、无处不在的音乐也隐隐地传来——是从楼下传来的，还有小号，交响乐中的小号，在小提琴美妙的滑音中，缓缓响起的小号的合奏，让史汐汐的心头掀起一阵阵激动。

史汐汐再次后悔当初没有加唱歌女孩的微信了。

离开的女孩去哪里了呢？她去树村了吗？如果还住在树村，那她应该回树村了，地铁倒三次，再转公交，就到树村了。如果她没住在树村，会住在像素吗？像素是个大型的小区。以前仅知道大，还不知道小区究竟住了多少人。史汐汐隔离期满去办通行证时，无意间听到小区管理处工作人员的对话，像素居然住了五万多人，而且因为疫情，入住率还不足百分之七十。这么多人口，就算唱歌的女孩住在像素，他也无处寻找啊——史汐汐有一种预感，唱歌女孩能在像素的咖啡店出现，就有可能和像素发生某种联系。史汐汐的心里有一点恍惚，还有一点飘浮。

史汐汐突然想起来了，来自树村的唱歌女孩叫夏回。夏天的夏，回来的回。夏天回来的意思。

31

真是振奋人心的好消息，下周，培训班就可以开班了。

主管部门给了具备开班的各种培训机构制定了严格的防护措施，最具体的几条就是孩子一定要隔桌而坐，且都要戴口罩，教室要备有洗手液和体温计。每天晚上零点前，还要在钉钉里打卡报体温。田菁都能做到这些，表示愿意接受主管部门的检查、监督。在把教室整理妥当之后，田菁在孩子家长群里发了开班通知和注意事项。还分别向她询问过的几个孩子家长打了电话。田菁不放心，长时间没有画画，怕孩子失去了兴致，来的人不多，又在一个大群里，把同样的内容再发了一次。这个大群是她潜在的客户群，即以前咨询过培训班相关事项的家长们，都被拉在了这个群里，所以这个群有三百多人。四百多人，就是四百多个家长啊，就是四百多个潜在的小画家啊！

让田菁没想到的是，报名的居然有四十多人，比疫情之前还多来了十来个孩子。这让田菁喜不自禁，又犯起了愁。现在可以全天排课了，又增加了上午班，即上午一个班，下午两个班，晚上一个班，每个班安排十个孩子。但还余下五六个孩子，她只好每个班又匀了一两个，好歹把班排好了。

可能是久没上课了，憋得太久了。也可能是一切都如她所愿，生活美满了，心情更好了，田菁的课上得非常精彩，无论是讲绘画理念，还是示范绘画技巧，她都讲得简明易懂又有感染力，示范也非常细，孩子们领悟很快，初学的孩子能很快见出成效来，有基础的孩子，也能看出明显的进步和提高。短短几节课下来，孩子们学得有劲，家长们也十分满意。史汐汐把这些都看在了眼里。

史汐汐的工作是做好后勤服务，还把一天三顿饭和夜宵也包在身上。为了不影响教学环境，他和田菁的吃住还在5号楼1106室。田菁按时到12号楼0144室上课，史汐汐每天去做点杂事，比如换换水、维护维护纪律、跟家长沟通什么的，就像上班一样了。不过和去年不同的是，史汐汐的心态、心气变了，是以主人之一的身份出现的，是真正的合伙人了，不再有帮忙的感觉了，把田菁的事都当成自己的事了，就连一天三顿饭，包括夜宵，他都变着花样，做出许多好吃的饭菜，他甚至改良了一道菜，取名为"乱石铺街"，材料不过是普通的豆腐、松花蛋、虾米、火腿和莴笋。做法也不复杂，就是"一锅乱炖"，把豆腐切成丁状，松花蛋切成瓣状，火腿切成片状，莴笋切成块状，放清鸡汤和适量的盐、味精和淀粉勾芡，一锅烩炖。由于主料是不同的形状，加上白的豆腐、青黑的松花蛋、绿的莴笋和红的火腿、虾米，烩在一起，色彩艳丽，乱而有序，又好吃又好看。田菁吃得开心，米饭多扒了半碗。史汐汐看她爱吃，也高兴，毕竟她最辛苦，最劳累，吃好了，营养才能跟得上，才有精力教学。

有一天，午餐时间，田菁又吃到了这道乱石铺街时，连夸好吃，清淡而有味，只是对"乱石铺街"虽有点会意，具体还是不太懂此名的"梗"在哪里。史汐汐就得意地讲了他这道菜的灵感和创意，扬州八怪中有一怪叫郑板桥，不仅画好，字也好。他在中年以后，自创一种书体，名曰"六分半书"，就是在隶书的用笔中掺入行书和楷书，单字字形呈横扁状，左低右高，既有篆隶中的古朴、苍劲的金石味，又有跌宕、飞动的行草味，还有楷书的工整气息。在布局上，打破常规，少有连笔，单字安置，大小错落，上下左右互相呼应，疏密相间、错落有致、隔行通气，像乱石铺就的街面，又好看又规整。他就是根据郑板桥的书法理念，创造了这道菜。史汐汐说完，得意地说："你看看，这色彩，这层次，还有每样菜的不同的口感和嚼劲，是不是这样？"田菁听了，连连点头，说这个想法也给了她的启发，可以生发出无穷的想象，给孩子们讲课时可以用得上。田菁充满感激地说："老公你太好了，做个小菜也肯花这么多心思。"

史汐汐说："比起你教书的辛苦，买买菜，做做饭，还有时间吹吹小号，玩玩计算器音乐，简直就是幸福生活了。可惜我只能做到这些了，教画画，我是一窍不通啊。"

田菁说："画画不用你教，你就好好玩你爱玩的，小号练好了，也许以后用得上，万一咱们的教学规模扩大了，项目增加了，我给你招个小号班。"

"哈，招个小号班还是算了吧，我可不敢误人子弟。再说了，我看你那么累，那么有耐心，那么费心地哄孩子，体力劳动加脑力劳动，可不容易。"史汐汐说，"咱把儿童画培训班维护好就行了。"

"也好。教孩子，确实劳心费神，每天都累得要死。老公，正想跟你商量个事呢。"

"你决定就是了，商量个啥呀。"

"要商量的，这涉及人事问题和开支问题。"田菁故作正经地说。

史汐汐忍俊不禁道："我同意。"

"还没说你就同意啦？"

"同意。"

"那你同意什么？"

"先同意再说。老婆决定的，都对，都正确。"

"好吧，我想招个老师。"田菁用眼神征寻着史汐汐，"正好今天有一个师大美术专业的女生来玩，也喜欢儿童画，想来当我的助手。我说考虑考虑。老公你看可以吗？"

"哎呀，该死，我怎么没想到给你找个助手？这还用考虑吗？这还考虑啥呀？直接招进来，别招一个了，招两个，不行三个，只要能减轻你的负担，招几个都行。"

"是啊，我也想招两个，因为今天又有两个家长带着孩子来找我了，两个小家伙一个六岁一个七岁，太可爱了，我想收，可实在没地方安排了。"田菁说，"我还想啊，咱对面小段那房子不是空着吗？咱能不能租下来当教室啊？把楼下布置成教室，把楼上布置成家长休息室。现在家长们都在外边的花园里休息，等孩子。这天气马上就要热了，如果楼上有个休息室，有茶水，有图书，让家长们有个休闲的地方，对咱们招生、扩大规模也有好处的。就是地方太小了，想把对面小段那房子租下来。"

史汐汐听了田菁的话，恍然道："对呀，小段的便利店不开了啊。"

田菁继续说:"想想真是有意思,小段天天打咱们房子的主意,现在轮到咱们打她房子的主意了,不知道她会不会记仇不租给我们啊。"

史汐汐也乐了,说:"真有可能记仇啊。这就叫不是冤家不聚头。不过也许那房子不是小段的,也许她也是租别人的。我们直接找到房东就好了。现在的房子不好出租了,租金下跌了一大截,未来的经济形势谁都看不准,房东可不想把空房子捂在手里啊。"

"要不,你微信问问小段,了解了解情况,探探她的口风。要是可以的话,你去找她谈谈。"田菁抱歉地说,"这个工作难度有点大哦,你要在思想上有准备,小段有可能会报复咱们的。"

史汐汐觉得这种可能性非常的大。但他觉得田菁讲得有道理,如果扩大招生,肯定要找老师找教室的。老师相对容易好找一些。房子,尤其是底层的房子,又尤其是挨在一起的房子,不容易凑巧。而小段的房子,是目前最合适的,同时,也存在着很大的难度。当初小段为了租他的房子,费了多少力气啊,费了多少口舌啊,甚至还挑逗过他。如今真是风水轮流转了。

史汐汐给小段发了条微信,大致意思是,儿童画培训班开学好几天了,一直没看到她的便利店开门营业,问她搬哪去了。对于好邻居的突然离开,还怪想念的。

这后一句,史汐汐是故意打了个感情牌。

小段很快就回复了:"像素南区 17 楼 0129 室,欢迎你有空来玩啊。"

史汐汐立即回道："好的好的。我一会儿就去。"

"大约几点到？"小段问道。

"半个小时之内吧。"

史汐汐把小段的回复和自己的答复给田菁看。田菁说："太好了，你马上就去办，我就要上课了，不能陪你了。你跟人家好好说说，多说好听话哦，租不成就拉倒，别得罪人，生意不成人情在，咱们以前做的事真是不应该。"

"明白。"

"小段其实还不错的。"田菁又加了一句。

史汐汐和田菁同时出门、下楼，来到小区，他们在小区的岔路上分手，田菁去北区 12 号楼 0144 室上课去了。史汐汐去了南区，他要到南区 17 楼 0129 室，找小段。

32

平时，史汐汐不到南区去，17 号楼他也不知道在哪个方位。整个像素的楼群分布挺有意思，顺序不知道是怎么排的，如果你找到 16 号楼，以为边上的那幢就是 17 号楼的话，多半是错的。因为边上的那幢有可能是 15 号楼，也有可能是 18 号楼，甚至是莫名其妙的 6 号楼也绝对可能，就比如北区 12 号楼的对面，居然是 5 号楼。所以史汐汐还是一幢一幢地找了。还好，没费多少周折，就找到南区 17 号楼了。原来确实在 16 号楼的边上。这让史汐汐有种幸运的感觉，觉得下午和小段的谈判会很顺利。说实话，在史汐汐听到田菁要他去找小段谈租房的时候，他心里当时就"嗵、嗵"地狂跳几下，觉得这个任务不仅是风险大，甚至可能会带来侮辱。根据他对小段不太深入的了解，小段绝不是有仇不报的人，她当初受到了什么样的冷遇，她就会把这种冷遇踢回来，原封不动地还给你，甚至有过之而无不及。

史汐汐从一端的门洞走进了楼道，发现他是从门牌号码的小号方向进来的，从0101开始。那么0129就在另一端了。史汐汐没走几个门，就忽然听到走廊里响起音乐声，像是钢琴。没错，是有人在弹钢琴。华丽而富贵的钢琴音乐就是从前边的某个门里传出来的。像素小区的某幢楼里有音乐教室，史汐汐也想到过，钢琴啊，吉他啊，二胡啊，都有可能有。但他从未寻找过，没想到在无意中遇见了。

钢琴声是从0111室传出来的。

史汐汐从门口经过时，脚步放慢多了，几乎是停下来，钢琴他也爱听。所有的乐器他都爱听。他朝0111里望一眼。0111的门是敞开的，屋里有一个男教师背对着门在弹钢琴。在他身边，有两个十岁左右的孩子在观摩他的演奏。史汐汐还是启动了倒挡，往后退了一步，站住了。钢琴声像水淌一样。这个中年男人应该是个音乐家。史汐汐想。史汐汐还看到了另外一架钢琴。史汐汐一边听，一边看玻璃门上贴的招生信息，知道0111音乐教室叫肖邦音乐教室，除了招钢琴学员，还招吉他和古筝——这原是一家综合性音乐教室。古筝是民族乐器，钢琴和吉他是西洋乐器，看来规模不小。但是，没有小号。史汐汐虽然有点小小的失望，他还是能想得开，毕竟小号属于小众，也不太好玩，喜欢的人不多。史汐汐拿出手机，拍了一张招生信息，虽然满心的不想离开，想多听一会儿，甚至想进去了解了解情况，怎奈他有任务在身，不能因为音乐而误了租房子的大事，还是恋恋不舍准备走了。

就在史汐汐抬步的当儿，从钢琴旁边的门里，走出了一个长发女孩，身影只一闪，史汐汐心里就猛的一炸，夏回！

史汐汐惊喜地几乎要叫出来了。好在他还是克制住了。他看到女孩像一只灵猫一样，又进了另一间房。史汐汐等着她出来。如果她出来了，她就能看到他。可她迟迟没出来。在这短短的焦急的等待中，史汐汐的心渐渐归于平静。夏回果然在像素小区了，这是最大的发现最大的惊喜了。有了这个发现，哪怕不能马上和她联系，他心里也踏实了。

史汐汐心急火燎了——他要赶快去办事，去找小段。只有把租房的事办了，他才能有心再来这间音乐教室访问。

史汐汐一直到找到了0129室，他的情绪还没有完全离开钢琴曲的氛围，似乎还沉浸在美丽的音乐里，还沉浸在发现夏回的惊喜中。史汐汐真的没有想到，内心里沉寂已久的音乐的元素，会在这时候被激发，会突然地萌芽。

只需草草地一望，史汐汐就知道小段为什么搬到这儿了，0129室的面积确实比原来的便利店要大至少三分之一，应该是像素小区建筑面积最大的户型了。底层照例是一排排密集的货架，和原来的店铺相比，也确实多摆了一排。不，是背靠背的一排，实际上就是多摆了两排货架了，而且货架上塞满了货品。一个块头不小的大约四十岁的女人在往货架上上货，她体格健硕，膀大腰圆，和小段有得一拼。门边的收银台前是一个单薄而瘦小的女孩。女孩见史汐汐来了，热情地招呼道："先生要点什么？货品一律八五折。"

"我找段老板，段老板在吧？"史汐汐说。

女孩身后就是通往二层的楼梯，她仰头朝楼梯口一望，还没来得及说话，楼上就响起一声大叫："在！"

史汐汐一听就是小段。

随着楼梯"咚咚"地响起，史汐汐都感觉到了震颤——小段粗壮、白嫩的小腿、鲜艳的绿色裙摆、和楼梯一起震颤的硕腰肥臀、上下颠簸的丰乳和满脸堆笑的大脸次第出现了，又落到了店堂中。小段向前走两步，在逼近史汐汐约十厘米远的距离停了下来。史汐汐瞬间就被她甜腻的脂粉味所淹没，几乎与此同时，她露出了一嘴洁白的牙齿，咧开大嘴笑道："今天什么好日子？刮了什么东西南北风？把老邻居大帅哥给请来啦？我给你拿个饮料啊，喝什么？德国冰啤还是西班牙1664？干脆给你来一杯美国的杰克丹尼吧，这是黑麦威士忌，45度，应该是美国最烈的酒了，不过也是香气微甜类的，口感还算不错，适合男孩子喝，更适合你这帅帅的男孩子。"

"不不不……不要。"史汐汐立即拒绝了。

虽然史汐汐比她要高半个脑袋，但在她面前总有压迫感。她在接到他说半小时之内到达后，肯定去化了个妆，上了口红，涂了眼影，还新换了衣裙，略有些紧身的绿色连衣裙差不多要被她夸张的身体撑破了。她热情的语言和身体语言也引得两个店员的注意，她俩从不同的方向投来惊魂的一瞥。

"都是家里卖的，客气啥呀……你想吃什么吧？"小段还处在热情狂奔的节奏上，"别跟姐客气啊。"

"刚吃了饭……"

"那好，什么事，说！"她脸上的笑像池塘里的水波一样在不断地荡漾，这样的荡漾能感染到任何人的心坎上，"你的事就是姐的事，姐就会像办自己的事一样办好你的事。"

"还真有点事。"史汐汐嗫嚅着。

"有事找姐就对了嘛，来吧，上楼来说。什么都不吃，就到楼上喝茶吧。看看我的小茶室怎么样。"小段头一歪，在前头引路了。

史汐汐只能跟着小段上楼了。他和小段保持着两三个身位的距离——他怕她庞大的身躯万一从楼梯上滚下来，把他也碾压了。

33

楼上隔成了两间。从那间敞开门的大间里能看出来，是她的卧室兼仓库，除了床外，还码着许多只箱子和成扎的酒。另一个小间确实是一个雅致的小天地，有简约风格的沙发，还有一套茶具，仿古的，另有一个博古架，博古架上放着几个白色的塑料盆，里面种着几样绿植，看起来相互不搭调。博古架、茶具和她的个性也不太搭。果然，她说："这些东西，是上一个租户留下的——搞笑死了，那个租户让我受受累，帮他把这一堆东西扔了。其实他就是想留给我又不想我欠他的人情。现在的人啊既精明又都会说话——

坐，先别说事，先喝茶。"

史汐汐在小段对面坐下了。

史汐汐不敢看她。因为她一坐下来，她胸部的无限风光就向他展现了，那根金链子上的玉坠，几乎是嵌在了深沟里。史汐汐不知道她是有意为之、根本不在乎，还是本真的自然流露。她开始操持着茶具，先涮一下烧水壶，给烧水壶注满纯净水，在炉子上炖着，再用镊子夹个杯子放到史汐汐面前，然后从茶叶罐里取一撮茶叶来。史汐汐只敢看她胖胖的胳膊和肉嘟嘟的手。

"咱们的儿童画培训班开学了，不少孩子在学画，教室都不够用了。"史汐汐不想喝她的茶，他要赶紧把要说的话说出来，那边的音乐教室更吸引着他，所以话有点急，"田老师看你家的房子空了，她想跟你打听打听……"

"会有那么多孩子学画？田老师要跟我打听？田老师打听什么？她打听还不就是你打听？你直接说是你打听多好？哈哈哈，这话说的，好像你们不是一家子似的。"小段的大眼睛扑闪着，长睫毛上涂染着黑漆漆的油，感觉很沉重，能听到睫毛的拍打声，"算了，今天不谈工作了，很感谢你还有心想着姐，你心里有姐，来看看姐，姐就很开心了。你要早点说要来，我就给你卤点鸭脖子和鸡爪子了。这样吧，要不明天，或者后天，你再来一趟，姐给你卤点好吃的卤货，主要是慰劳慰劳你。姐也好几天没吃了，这一说好吃的，嘴里就哗哗生口水了，哈哈哈，别笑话姐没出息啊。"

"我……其实我不怎么吃卤货的……"

"为什么？卤货怎么啦？你刚才说田老师什么？我的亲弟弟

唉，别是受田老师欺负才来找姐的吧？不是姐马后炮啊，她姓田的
小骚货要是敢欺负你……我，我也没办法，也帮不了你了，最多帮
你揍她一顿。其实我早就看出来，你们两个啊，"小段眼睛一连地
扑闪几下，盯着史汐汐，揣摩着史汐汐，继续道，"你们两个啊，
八字不合，一看就是相克的命，她姓田的哪能配得过你？她那么
瘦，一脸狐狸相，心比针尖还细，鬼精得很。你多好，宽肩细腰高
挑个儿，老婆一定要找富态点的，脸盘大的，就是咱大中国的脸，
能吃能睡能打能上的那种，就像姐这样……没事，她姓田的要是给
你罪受，姐给你撑腰，还是那句话，给她几个耳光子她就老实了。"

　　史汐汐苦笑了，他再不亮明底牌，不知道小段又怎么发挥了，
赶紧说："不是不是，田老师让我来找你，是要租你的房子。"

　　"啥？"在她喋喋不休的说话中，水也烧开了，冲了茶，给史
汐汐倒了一杯，她自己也倒了一杯，"你说啥？"

　　"房子，我说你的房子，你的便利店，北区 12 号楼的那一
间。"史汐汐比画着，"你便利店不是搬到这儿了嘛，原来便利店的
房子不是空着了吗？田老师想把你房子租下来，扩大儿童培训班的
规模。"

　　小段终于听明白了，她愣了半晌，突然哈哈大笑了。小段一
笑就不可遏制，笑得落英缤纷，天花乱坠，浑身的肉都在闪动、狂
舞，笑得东倒西歪坐立不稳。史汐汐被她笑懵了，也只好尴笑着，
心里七上八下的，觉得凶多吉少了。

　　"哎呀，我那个亲妈妈呀。"小段终于笑够了，不笑了，红着
脸，大喘着气，说，"你回家告诉田老师，她要租我的房子，我不

是不可以考虑，但是，这里面有几个问题，第一呢，那房子不是我的，我也是租的别人的房子。不过我的租期要到今年年底才结束。我早就想把房子退给房东了，想从他那儿退回大半年的租金。但是房东是个直男，根本不买我的账。第二，你们既然想租我的房子——就是转租嘛，我懂的——我心里就有底了。咱们约个时间再细谈谈。这事也不能拖。今天是周三，我看就周五吧，怎么样？你们小两口子一起过来。姐今天不能跟你多说了。姐要出去办个事，好吧？你喝口茶。"

小段说罢，还没等史汐汐回话，就站起来了。

这就是逐客令了。

史汐汐茶也没喝，站了起来。

小段不依，霸道地说："喝口茶，喝一口，都泡上了，哪能一口不喝？太不给面子了。"

史汐汐只好端起小茶盅喝了一口。这口茶，味道他也不懂，好还是不好，以他的茶龄和对茶的认知，毫无感觉，可怎么有点像潘金莲喂武大喝药的感受啊？

小段大声叫道："贾茹，你给我要辆出租车，在西门等，去天街。"

"好！"楼下传来一声干脆的回应，是那个收银女孩。

"茶怎么样？"小段又问。

"好茶。"其实史汐汐只是随口一说。

"你说好就好哈哈，我也不懂。走，咱们一起出去，正好要去西门，顺路。"小段看一眼手机，说，"我们约的是三点，还有二十分钟，时间有点赶了。"

来到楼下，有两个骑手在取货。小段跟他们招呼一声，又对收银台的女孩说："照应着点。"

女孩说声"好"，目送着他们出门了。

他们是从走道另一端的门出来的。刚来到小区的阳光里，小段就说："要猜猜我干什么去的吗？说了也没事，约会去的，就是相亲，哈哈，这个家伙比皮蛋强多了，不是骑手，不是送外卖的，也不是送快递的——你说我以前怎么尽跟这些人谈恋爱？刚想追求你吧，又被田老师捷足先登截和了。不过贵人自有天相，约我的这个小屁孩，是在房地产公司搞中介的，大学生，像个文人，业绩还不错，我喜欢的。你给姐把把关，我这身打扮还可以吧？"

"好看。"史汐汐言不由衷地说。

一辆电动车在小段身边急刹车了。骑手正是皮蛋。

皮蛋根本没心思理会史汐汐，他着急地责问小段："你真要去天街？"

"滚，有多远滚多远！你要敢坏姑奶奶的好事，我能把你卵泡捏成粉末你信不信？"

皮蛋哭丧着脸，看看史汐汐，似有一肚子的话不好开口。

史汐汐趁机说："你们聊，你们聊，我得去办点事。"

史汐汐终于摆脱了小段，像跑完一万米一样地松了口气。史汐汐身后传来了小段的咆哮声和皮蛋的咆哮声。两种咆哮针锋相对，一扣不让，一声比一声尖厉，以为就要失控时，突然的，又归于沉寂了。

34

　　史汐汐跟小段所说的办事，就是要到音乐教室来。

　　史汐汐在和小段短暂的交流中，得到的信息不是什么好信息。虽然小段并没有明确表态她的房子转租还是不转租，虽然史汐汐也不明白她的房子是转租还是不转租，但是他还是感觉到凶多吉少。所以，史汐汐暂时还不能直接回去和田菁汇报，反正周五还要谈的。周五就是后天，后天很快就会到来的，一切就尘埃落定了。

　　而现在这个时间，田菁正在给孩子们上课，打断田菁上课而只是说了未知的、含糊不清的话，还不如不说了。史汐汐便来到了他挂念的那间叫"肖邦"的音乐教室。

　　刚才一遇到音乐教室、一听到流水一样的钢琴曲，他心底里那关于音乐的情怀就被煽动被激发了，一种不甘和不服的情绪再次悄悄地滋生。而突然出现的夏回，又把他心底复苏的音乐情怀推动了一下。这个音乐教室有教钢琴的，有教吉他的，有教古筝的，难道就没有教小号？即便没有现成的老师，如果有他这个学生，也可以给他专请一个老师嘛。吹奏小号他是有基础的，如果音乐教室能开这个班，他可以第一个报名。他自学的小号，在树村受到夏回的伤害和打击后，再在网上听小号名曲时，确实能感受到差距的明显。这可能就是没有接受过专业老师指点的致命的缺陷了。田菁那边的儿童画教学，越来越上正轨了，如果真要新招几个助手，他就更是帮不上忙了，在家做饭之余，把吹奏小号再正式拿起来，玩得更专业一点，也不枉初心一场。何况音乐教室里，还有他的故人呢？虽然他和夏回算不上有交集，但是像素和树村毕竟不是一回事，他的小号吹奏技艺，说不定会有质的提升。

史汐汐回到音乐教室门口时，弹钢琴的老师和他的两个学生都不在了。但玻璃门并没有上锁。史汐汐敲了敲门。

"来啦！"一个女声，伴随着楼梯上跑下来的脚步声，居然也有着音乐的节奏。

甫一照面，史汐汐就乐了，从楼梯上下来的，正是去年在树村误伤他的夏回。

夏回先是吃惊，嘴巴都张成了问号，眼睛也望出了一串问号，接着也乐了，她满脸堆笑地说："我去，不会搞错吧？这也太奇葩了……请进请进！"

"真是太巧了。"史汐汐说。其实，史汐汐早在十几天前在"鲁迅手迹"就看到她了，当时只是猜测她有可能在像素。刚才去找小段时，又看到她了，他内心里的惊奇已经过去了。所以他再怎么装出惊奇的样子，也不再是惊奇的样子了。

"是啊。请坐。"她的惊奇倒是还遗留在脸上，在沙发前示意他坐，继续说："北京这么大，北京又这么小。你也住在像素？"

"是啊，我去年就住这儿了。我住北区12号楼。我叫史汐汐。我还记得你的。你叫夏回，夏天的夏，回来的回。这是你经营的音乐教室？"

"是啊。你记性真不错啊。史汐汐，好，我记住了。我没你早，刚搬来。"夏回一直微笑着，可能是遇到熟人开心吧，声音比在树村时温柔多了，"那就叫你小史吧，看你也没有我大。你还玩小号？玩小号也挺好玩的。你是这儿的老住户了，以后要多关照啊。"

"关照不敢当，希望能得到您的指点。"

"那就互相关照。"夏回急于要了解他太多底细似的，近乎不太礼貌地问，"你住在几号楼？和谁住？一个人还是一家子？"

史汐汐还不会隐瞒什么。再说也没什么可隐瞒的，干脆说："和女朋友一起住。北区 5 号楼。在北区 12 号楼也有……我女朋友开的一间儿童画工作室。"

"这就好了。我们都是做艺术的，艺术不分家。没事常来玩，我这工作室才开张，准备教教孩子，维持一下基本的费用，其他时间想做成艺术沙龙。小号可以带来玩的。有朋友也可以带来。"

"好啊，你这儿有教小号的老师吗？"

"小号嘛，目前没有，但很快就会有的，我们的钢琴老师是钢琴调音师，他认识很多专业人士，干什么的都有，能组成一支专业乐队。"夏回也是心直口快的人，"他刚刚走，你要早来半小时就看到他了。不过他后天还会来，我给他招了两个学生，下周可能还要来一个学生，一周三天有课，一课两个小时。后天，就是周五，你过来，我介绍你们认识认识。"

"好，太好啦！"史汐汐也高兴了，他看着墙上挂着大大小小几十把吉他，说，"夏老师你是教什么的？吉他？对，应该是吉他，你演唱风格我好喜欢的。"

"对呀，你看过我弹吉他的。"夏回突然说，"你可以学吉他啊，小号可以玩，吉他也可以玩，我来教你，给你最优惠，六十个课时，没有时间限制，免费送你一把价值九百八十元的吉他，只收费六千块钱，怎么样？白菜价吧？包教包会。"

史汐汐有点动心了，觉得学学吉他也不错。小号的老师难找，吉他的老师就在身边，为什么不学学？而且只要学吉他了，就会常来她的音乐教室，常来音乐教室了，就会遇到很多音乐人（楼上还有人在说话），他们中说不定就会有小号高手。就算没有小号高手，他们中也会有人认识小号高手，迟早也就能结识小号高手了，便说："还真想学吉他。"

"那就报名吧。要是今天报名，再给你优惠百分之十。"

真要报名，史汐汐又犹豫了："我得跟女朋友商量一下。"

"依我的经验，一商量，大多泡汤。不过，你是个好男人，懂得尊重女人的男人都是好男人。"夏回从墙上取下一把吉他，抱好，随便拨动下琴弦，说，"和其他乐器相比，吉他相对容易一些。当然，所有乐器，入门都容易，要想真正达到大师水准，那是要有很高天赋还要加童子功再加后天努力的。现在这个年龄，学什么都是玩玩，学什么都是丰富自己的业余生活而已。我给你弹唱一曲啊，你听听感觉，注意我的指法——是最近刚出来的歌，叫'粉丝记事本'。"

这是一首怀旧的歌，数了一长串香港明星的名字，刘德华、周润发、陈百强、张国荣、梅艳芳、关之琳、赵雅芝等，表示了对逝去青春的祭奠和对那一代人的回忆。应该说，夏回弹唱的功力，在史汐汐听来，已经是一流的了。当她唱到那一句"每年不厌其烦的红尘作伴，永远是青春年华"时，史汐汐心里涌起一阵共鸣，觉得她的青春已经逝去了大半，或者他就没有经历过青春似的，已经有了中年心态了。确实是这样，有些事情真的要当机立断，不然可能就再也没有机会了，便在夏回的弹唱结束之后，说："我先回去一下，跟女朋友说声就来报名。"

"也不急的，对你一直保持优惠。你可以试一下。"夏回把吉他递给史汐汐，"没事，你试试，随便弹，发声就好。"

史汐汐就把吉他抱在怀里。

夏回教他指法，再教他弹奏。只需几个指点，史汐汐居然也能清晰地弹奏出旋律来了。

"很好很好，你的天分很高。音乐是共通的，你用十几个课时就能掌握基本技巧了，再用十几个课时，就能弹完整的曲子了，然后在熟练程度上下功夫就可以啦。"夏回说，"我带你参观一下吧。楼上也有一间教室，是古筝教室。"

史汐汐跟着夏回就去楼上了。

音乐教室的房子结构和史汐汐在北区 5 号楼和 12 号楼的结构一样，也是小套。不同的是，夏回这个房子的楼上，隔成了两小间。一间可能是卧室，另一间就是古筝教室了。教室里只有两架古筝。没有学生在上课。可能是音乐教室刚开始运营，生源不足吧。史汐汐看了看那间卧室。刚才听到的隐约的说话声应该来自那间卧室了。

夏回和史汐汐来到楼上。他们的脚步声，惊动了那间卧室里的两个女孩。她们拉开虚掩的门走了出来。

让史汐汐惊掉下巴的是，两个女孩的其中之一，居然是麦垛！

35

　　麦垛身边的女孩看夏回带着一个陌生帅哥上来，问夏回道："夏老师有事吗？"

　　"没有事，我带学员上来参观参观。"夏回又对史汐汐说，"这位是教古筝的曹老师，别看小曹老师年轻，她可是古筝演奏艺术家哦，得过省级大奖的。"

　　史汐汐朝小曹老师表示敬佩地点一下头，心里却慌得无处安放——他本不想看麦垛，可潜意识和本能让他无法做假，还是盯住麦垛了。

　　夏回继续介绍："这一位是我的朋友麦垛，真正的吉他高手。她可是大英雄哦，瞧这气质——她和男朋友一起在武汉做志愿者，刚从湖北回来，厉害吧？她和男朋友马上要去外地参加巡回报告会了。嗨，麦垛，别一去无影踪啊，给个消息给我们也不丢你的份，腿脚勤快点，常来北京看看老朋友。"

　　在夏回介绍麦垛时，史汐汐看到麦垛眼里那惊鸿一瞥，闪烁而犹疑地试图躲开史汐汐的目光。史汐汐发现她的目光根本无处躲藏，或者被史汐汐的目光黏住了，或者他们两人的目光在半空中相撞的那一刻，就相互扎进了各自的目光中——麦垛肯定也没有想到会在这儿碰到他。麦垛又恢复成从前的麦垛了，和电视上卸菜时那个充满朝气的麦垛、和接受采访时那粲然一笑的麦垛完全判若两人了。麦垛又回到咖啡店初相识时的情态中，微微上翘的、对世事不屑的嘴角，酒红色的无拘无束的长发，自成独立个性并带动或影响周遭环境的装束，甚至包括手上的指甲油，都是刻印在史汐汐记忆里的麦垛了。史汐汐感觉房间里有一股冷飕飕的凉气，突然而至的、不知哪来的凉气迅速侵袭了他，一阵恐怖的气息沿着他的双手、双脚和口舌袭来，像海潮一样弥漫开来——那个夜晚又来了，那是他最初的夜晚，房间里到处都是黑的，而他看到的却是黯然的光，一股新翻过的土地的潮湿，带着淡淡青草的气息包裹了他……史汐汐激灵一下，同时他也看到麦垛激灵了一下，面对这样的再见，他们面面相觑谁也说不出一句话来。

"嗨，"年轻的小曹老师抬起手臂，在麦垛的眼前晃一下，又看着史汐汐，惊讶道，"你们是不是认识啊？不会是前男友和前女友吧？怎么回事怎么回事？夏老师你瞧瞧怎么回事？"

史汐汐和麦垛的目光终于从对方的目光中拔了出来——尽管，他们的对视可能只是几秒或不到一秒，但都没逃过夏回和小曹老师的眼睛。夏回也恍然道："对了，麦垛从前就住在像素……你们认识？认识就好了，不用我再费口舌介绍了。"

"我们不熟……"麦垛的声音也没变。

"不熟？"小曹老师是那种天真活泼、口无遮拦的女孩，"那问题更大了，那就是一见钟情啊。"

"什么呀？"麦垛的脸上并无表情，口气极其认真。

史汐汐听到麦垛的话了。还处在慌乱状态中的史汐汐，一刹那间，心里抽搐般地麻了一下，酸胀感随即袭来。不过他已经回到了正常的思维中了，以为永远从他生活中消失的麦垛没有消失，就站在他面前了，相距很近，都能闻到她身上的气息了。他无论如何也没有想到，会在夏回的音乐教室里和麦垛邂逅。麦垛还是那样美丽，和从前一样的美丽，关键是，和电视上的美丽是完全不同的美丽了。史汐汐明白了，为什么他对左洁突然无感？为什么一直像芒刺一样扎在他心上的初恋在麦垛出现后被麦垛完全替代？原来麦垛才是他的依托，才是他的灵魂。

"真不认识？"夏回还是依照她的说话节奏又问了史汐汐。

史汐汐抑制着内心的激动，强装平静地跟夏回微微颔首，又紧张地摇了摇头。史汐汐再看麦垛时，麦垛更加淡漠和平静了。麦垛往后退了一步，把主体空间让给了夏回、小曹和史汐汐，她躲到最次要的位置上。夏回也进入了工作的状态，她对史汐汐说："好了，不管你们了——这间音乐教室简单的，你想玩什么都有你玩的。"

小曹老师也热情地问史汐汐："你要学什么？古筝？"

"不……"在史汐汐的印象中，比如电视上，微信朋友圈中，古筝都是女人弹奏的，他怎么会和古筝联系在一起？小曹是古筝老师，难道在她看来，谁都像是学古筝的？

"他准备学吉他。"夏回代他回答了。

夏回又跟小曹老师说："你跟小史聊聊啊，我和麦垛说个事。"

夏回就和麦垛下楼了。

小曹老师看来很敬业，她不会放过任何一个展示音乐教室和她个人魅力的机会，用颇具诱惑和感召力的口气说："我最喜欢看帅哥弹奏古筝的样子了。很多人以为古筝是女人弹奏的乐器，不仅是帅哥，就连美女也会这么认为。其实不然，其实帅哥弹古筝的多得去了，那种气场，那种帅，配上古筝特有的美妙——你要不要试一下？"

史汐汐开小差了，对于小曹老师的一通演说，连一半都没听进去。他关心麦垛和夏回的说话。他不知道夏回会和麦垛说些什么，会不会和他有关。他也想和麦垛说话。夏回刚才说了，听话听音，麦垛要到外地做巡回报告去了，有可能不回来了。也许错过这次机会，就真的再也见不到麦垛了——虽然，显然，麦垛并不想跟他说什么。麦垛不想说是麦垛的事，他是不能错过的。史汐汐对小曹老师的话不上心，心猿意马地说："我哪能试啊，从未弹过古筝呢，你可以弹一曲吗？"

"好！"小曹老师说，"我来弹。"

就在小曹老师往手指上缠指甲时，夏回上来了。夏回和麦垛的话说完了，又来跟小曹老师要交代什么。史汐汐趁机下楼了。

麦垛正把双肩小包往身上背，准备要走的样子。

"麦垛……"史汐汐开口了，但欲言又止，感觉有很多话要说，感觉很多话涌在嘴边，感觉那些话不说都会冒出来一样，可一时又无从说起。他用抱歉而伤感的眼光看着麦垛，说出来的，却是满心的委屈和抱怨，"你都去哪里了啊？"

麦垛淡然一笑道："我知道你和田菁的事了。我很为你们高兴……是我不好。我不该让你抽一管血……那本来是个玩笑，本想是增加难度，阻止你。没想到你那么当真……我就害怕了。我当时只是希望你能把房子换给田菁，田菁需要那个房子，而你确实无所谓，没多想别的……我的做法太过分、野蛮、粗暴了……对不起，真的对不起。有些事过去就让它彻底过去吧，我还有事——男朋友请我晚上吃饭，顺便商量着搬家的事。对了，我们要搬回黄石了。黄石是我们的老家。"

史汐汐听清楚了，听明白了。他有话要说。许多话。可那些话拥挤在喉咙里，就是说不出来。

"小史同学，上来听小曹老师弹古筝。很多人听了小曹老师的琴都改变了想法，你也来听听。"夏回在楼上叫他了。

"叫你了。我也走了，再见。"麦垛说完，走了。

有时候说再见，那还是要见的。有时候说再见，可能再也不会见了。麦垛的"再见"就是后者。史汐汐无力说出那声"再见"。他连继续看她背影的勇气都没有，只感觉到玻璃门的打开和关闭，只感到室内光色细微的变化，就像摄影专业术语中的像素的灰度，只可意会的编码存于每个人的心头和感应中，可麦垛的灰度编码渐渐演变成了田菁，或者说，田菁的影像借助麦垛的编码变化渐渐呈现出来，清晰起来。田菁还在像素北区 12 号楼 0144 室等着他去报告消息呢，小段那边的消息是田菁非常在意和关心的。麦垛走了，连手都没有挥一挥，但生活还要继续。没错，田菁才是生活，真实的生活。

36

史汐汐在吃晚饭时，没有和田菁提起他要学吉他的事，也没提古筝——他压根儿就没说像素小区里新开了一间音乐教室。但他心里已经选择了吉他。选择了吉他，不一定立即就要去学。他只是选择了而已。他如实地向田菁讲述了和小段谈判的经过，并表示对租赁小段的房子的担忧。

"她约咱们后天晚上到她的便利店里谈。"史汐汐的口气明显的没有底气，"不知道她是怎么想的，我一点也看不出来她是怎么想的，她人更胖了，体形大了，心眼也多了。"

"你这样说小段，当心她会把你打死啊！"田菁还是快乐开朗的，她被史汐汐的一本正经逗乐了，"不能说女孩胖，说女孩胖比骂她还厉害。咱们要好好哄她，她会送鸭脖子酱鸡爪给咱们，咱也得送点什么。"

"送什么？我担心她会报复咱。"史汐汐还是担忧地说。

"就是，我也想到了。"田菁的话也没有信心，"小段肯定恨死咱们了，她拿那么多好话好吃的哄咱们，煞费苦心又费尽心机——她是绝望才搬走的。而且是搬到了南区。南区没有北区大，人口也没有北区稠密，靠地铁口又远，虽然房子面积大了点，但换了新地方，相当于新店了，生意肯定没有以前好了。说真话我都有点怕见她了。后天先微信问问吧，她要是不想租，咱就不去了，免得被她当面羞辱。要不，就你一个人去和她周旋。"

"我一个人也怕的。"

"我怕会把事情搞砸啊。你去，搞砸了我们再想办法。"

"好吧，我试试看。"史汐汐有点赴汤蹈火的口气。

田菁晚上六点半还有课，从六点半上到八点半，中间二十分钟自由活动。她吃了晚饭不敢耽搁，匆匆去了 12 号楼 0144 室了。

史汐汐收拾桌子和锅碗盘盏时，还在想着音乐教室的事，心里的那颗音乐的种子还在发芽。如果真要去学吉他，他其实是有时间的，可以利用田菁在儿童画培训班授课时间，去音乐教室学嘛。其他时间段也可以，只要是田菁上课，音乐教室那边，总可以排出让他学琴的时间的。他刚才没有和田菁说，是怕田菁多想，她太疲劳太辛苦了，帮不上她就罢了，自己再去玩吉他，去消闲，有点说不过去的。

　　和其他晚上一样，史汐汐收拾好家务，踩着两节课中间休息的时间点，去12号楼0144室了。史汐汐多半会利用这段时间去照看一下孩子，晚上嘛，孩子会在外边跑，虽然有不少家长都跟着，还是有住在本小区的家长完全把孩子放任给田菁她们了。每个班里总会有一两个疯玩的孩子在外边跑，多一个人多一双眼睛，能确保他们不出事。有一次，几个孩子就在外面的绿化带里发现了两只刺猬，有一个小男孩说是兔子，伸手就要去抱，幸亏他看到了，及时制止。

　　行走在12号楼的楼道里，史汐汐看到有几个孩子从0144室跑出来，一头钻进对面的0145室了。0145室就是小段原来的便利店，怎么会开门呢？莫非小段来啦？她不是去相亲了吗？带着疑问，史汐汐快步来到门口，看到屋里有好几个孩子，好奇地朝楼上望。小段欢喜的大笑声就从楼上传下来，在空旷的屋子里荡漾。伴随着小段的大笑，还有田菁的笑。果然是小段回来了。

　　"田菁。"史汐汐走进去喊道。

　　"上来！"回答的是小段。

　　"上去吗？"史汐汐不放心地又问一句。

"上来吧。"田菁的声音。

史汐汐就"噔噔"地跑上楼了。

田菁和小段站在窗户前，两个人同时看着史汐汐。

史汐汐看她俩一脸的喜气，猜想一定有好事，一定是房子的事谈妥了。

"小史看到了。"小段对田菁说，又转头朝史汐汐道，"弟弟你看到我那套茶具了是不是？多精美的茶具啊，简直是漂亮极了。"

史汐汐不明就里，想到小段一定要他喝一口的茶，不知道其中会有什么猫腻，只好先点点头说："挺好的茶具。"

"怎么样！"小段冲着田菁笑，大脸盘上的笑像浪花一样荡漾。小段脸上的妆容可能受了汗水的浸泡，有一点花了，斑斑驳驳的（也可能是灯光照射的缘故），笑容也深深浅浅的。小段爽气地说，"那套茶具我决定送给你们小夫妻了，你们天作之合、琴瑟和鸣时，我没有送礼品，这回就当是补送了。反正我是个粗人，不配用那种高雅的茶具，让你们招待客人正好。我也好腾出地儿来放货。我正式约你小两口子啊，一定要抽个时间到我那儿玩，你们来选个日子，定个时间。对了，南区 17 号楼好玩的店有不少哦，特别是小史，你不是爱吹小号还爱玩计算器吗？我发现新开了一家音乐教室，钢琴啊古筝啊什么都有，晚上还会搞个小演出什么的，有弹有唱的，我看弟弟可以去蹭个热闹的。好啦，事也就是这么个事，我得回店里了。我去，这几天把姐忙的，屁滚尿流了！"

"这就要走？"田菁看着往楼梯口急走的小段，跟了她两步。

"走啦。别送别送，你们千万别送，再见再见再见！"小段"咚咚"地把楼梯踩得震天响。

史汐汐看小段的身躯塞满了窄窄的楼梯，奇怪他为什么一直没提皮蛋。她去相亲时不是被皮蛋拦住了吗？她是相成了还是没相成？史汐汐多了句嘴，说："姐，别忙坏了，让皮蛋帮帮你啊？"

小段走到楼底又停住了，她喘息着仰望着田菁和史汐汐，说："皮蛋啊，这个小狗吃的，我还能拿他怎么办呢？天天死皮赖脸要我嫁给他，我现在就去告诉他，姐决定就下嫁给他了。"

没等田菁和史汐汐说句祝福的话，小段就在一阵笑声中跑走了。

小段走后，田菁把手举起来，向史汐汐亮出手里的一串钥匙，诡异地笑着说："亲爱的老公，搞定啦！"

"什么个情况？"史汐汐已经猜得八九不离十了。但他还是要听田菁亲口说说，一起来分享快乐。

于是田菁把事情经过讲了一遍。原来，小段在田菁第一节课下课还差几分钟时，突然跑来了，把田菁叫了出来，问田菁是不是真要租她的房子。田菁说当然是啦，教室不够用啊。小段说，她和原房东的合同要到年底才到期。这段时间随便用。但是如果到期后，还要继续用，她可以续租，以后再转租给田菁用，这样的好处是，房租能便宜不少。如果她年底把房子退了，田菁再去租，有两个风险，一是价格会高上来（现在是最低时段），二是不一定百分百能租到，万一被别人抢了先手，她就无能为力了。

"原来这么简单啊？"史汐汐满心狐疑地说。

"是啊，我还想问你呢。你使了什么法术，让小段变得这么好啦？小段可根本没提以前的事啊。咱们是不是一直误解了小段？"

"我还真没使法术，我还以为她不会租给咱了。"史汐汐不无担心地说，"这里面会不会有诈？也许咱们真是误解她了。"

"能有什么诈？她出房子咱出钱，别疑神疑鬼，我马上要上课，你在这里看看还是回0144楼上去等我？"田菁突然想起来，"小段说的话听到没有？你可以去南区17号楼转转的，考察考察嘛，真要有音乐教室，可以去学学小号啊。"

"小号我是领教过了。我最拿手的是计算器音乐，可惜没有人能教我，只有我教别人的份儿。"史汐汐半是调侃半是认真地说，"我想学吉他。"

"吉他好啊！吉他我也喜欢。我要有时间就陪你一起学了。你又能吹小号，还会玩计算器，别提我多羡慕了。"田菁弹了弹史汐汐T恤上一个水滴的斑影，声音嗲嗲地说，"平时你也辛苦，玩玩音乐也好，既能提高你的弹奏水平，还能打发时间，我觉得你最需要打发时间了——老公别生气啊，我不是要说你寂寞无聊……我真的是怕你寂寞无聊啊，你开心了我就开心，嘻嘻，去嘛，学会了吉他，弹唱给我听。"

史汐汐喜欢田菁这样的说话节奏，心也软了，融化了，他说："学吉他，我真想啊，不过说说容易，要花不少钱的。"

"钱不是问题，现在咱最不缺的就是钱了。想玩就好，开心就好。老公，你要是把吉他学会了，我们去地铁通道摆个摊，你弹唱，我收钱，做个卖唱的网红。"

"哈，好啊。"史汐汐轻描淡写地说，"等会儿你上课的时候，我去看看，打听打听学吉他的价格，要是真合适，报一个玩玩也不错。"

37

史汐汐是在田菁的第二节课开始不久就出门的。史汐汐很感激田菁。他知道田菁一直知道他心里的音乐梦没死，他也知道田菁让他去音乐教室看看，也是真心给他的建议。史汐汐提出要学吉他，田菁可能也会有不同的意见，但是她没说。那是她对他的尊重。史汐汐把这些都看在眼里了。其实，史汐汐真的是想在音乐上再发展发展的，最好是小号了，小号他最有基本功。可惜夏回的音乐教室没有小号这门课，他只能从吉他开始。他只有音乐这一个爱好。如果爱好真的能成为职业——田菁有可能真的为他招几个学员的，那再好不过了。至于夏回和麦垛是朋友这层关系，是不是影响了他去音乐教室学乐器的原因之一，他无心去考虑了。他已经知道什么是生活了，生活中的各种枝枝叶叶也是难免的，他心里的枝枝叶叶也是难免的，所有的纠结最终还要面向生活。

史汐汐刚走到南区 17 号楼门前绿化带边的小广场上，在明亮的如同白昼般的门灯照耀下，他看到一男一女两个时尚的青年从门前台阶上走下来了。那个步履优雅、情态安然的女孩，正是麦垛。麦垛背着一个抹茶绿旅行包，穿黑 T 恤、牛仔裤、白色旅游鞋，显得青春靓丽，温婉大气，和去年七月史汐汐初见的麦垛以及下午在夏回的音乐教室见到的麦垛简直判若两人了。在麦垛身边，拉着一只大旅行箱、也背着一只旅行包的，是一个高大的男孩，他面部的特征明显，眼泡肿胀，鼻子肥大，但并不蠢笨，相反，还有一种伟岸和忠厚之美。史汐汐对他印象深刻——田菁曾经藏匿的那叠照片里，有三张和男孩的合影，不就是他吗？史汐汐步履迟疑地想，他怎么和麦垛又走到一起啦？联想到那几张合照后来又离奇地消失了，再联想到今天下午听到夏回介绍麦垛时所说的话，史汐汐立即明白了，他就是麦垛现任的男朋友，他就是那个和麦垛一起在武汉做志愿者、并且要去做先进事迹报告会的男朋友。史汐汐心里不是五味杂陈，不，就是五味杂陈——他不知道这个男孩和田菁究竟是什么关系。虽然以前、曾经是什么关系已经不重要了。但五味杂陈依然是五味杂陈。在五味杂陈的同时又滋生出一种美好的情愫，那便是祝福，祝福麦垛。史汐汐下意识地往旁边闪开了一步。闪步中，麦垛看到史汐汐了。麦垛也迟疑了一下，眼神是那不经意的一瞟，嘴角牵动一下，想要说什么的，最终是什么也没说。史汐汐也没和她打招呼。事发突然，双方都没有做好要说什么的准备。史汐汐看到，肿眼泡男孩自然地靠近了麦垛——他目不斜视，眼里只有麦垛。麦垛也自然地靠上去，挽着肿眼泡男孩的胳膊，走了。史汐汐站在门口的台阶上，看着麦垛和男孩走进步行街明亮的灯光中。

生活就是生活，生活既可以复杂，也可以简单；既可以把复杂简单化，也可以把简单复杂化。关于在像素重见麦垛和她的男朋友，史汐汐不准备告诉田菁了。也许田菁比他懂得更多。也许田菁什么都不懂。田菁的懂和不懂，他也不去多想和考虑了。

史汐汐来到了肖邦音乐教室。

像　素

　　只有夏回一个人在。夏回欣喜地对他说："真是巧了，刚才我和钢琴老师通电话时，问他有没有吹小号的朋友，他说他最好的朋友就是小号高手，是北京某交响乐团的主号。我问他能不能让他朋友来做一点兼职的教学工作，他说可以让他朋友每周来半天。这下结了，有老师辅导你吹小号了，你的小号技艺会大有长进的。"

　　"不，我不学小号了，我想学吉他。"史汐汐淡定且坚定地说。

　　"嚯，你确认要学吉他？"

　　"确认，我就要学吉他。"

　　夏回惊了，说："记得你一直想学小号的，我在树村时……算了不提树村了。以后咱这音乐教室就相当于树村了。不，就是树村了。不，比树村还树村，咱们要建立新的树村，自己的树村。你不学小号也好，将来啊，再有人要学小号，我让你当老师。学吉他我当然喜欢了，那是我的优势，是我的强项，我来教你。我是说过对你优惠百分之十的吧？没错，说过。六千块钱的百分之十是多少？六百？再减六百对吧？我数学是体育老师教的，你别笑我，算错了再重算，反正我是亏了。小史，你真是才华横溢啊，横溢就是横着流的意思，横着流就是一流啊——我才知道你还会这一手——麦垛给你留了几个计算器。我不知道这玩意儿是干什么的，她说你懂。我认识她这么久了，她都没有显露出这方面的技艺来。你能告诉我这是干什么的吗？小号能吹也就罢了，你怎么能什么都懂呢？怎么连计算器都懂呢？太能干会遭人嫉妒的明白吧？会被人打的明白吧？哈哈，我不嫉妒，我羡慕。我也不打你，我要保护你。我要是没猜错的话，这也是乐器，对不对？"

"对。"史汐汐说，夏回又提麦垛了，还说到了计算器。史汐汐心里的一根弦上又响起了久远的震颤。

其实史汐汐一进屋就看到桌子上那几个计算器了。他想到有可能是麦垛留下的。当他真的知道是麦垛留给他的时，心里还是突然地难受起来，没有抓手的难受，找不见、看不见、抓不住的难受，不太真实又非常的具体，从心里一直浸透到他的全身。他渐渐地意识到，麦垛留下计算器，并不是要留作纪念，而是一种宣誓，一种向过去的告别。人生的境遇就像某一片美丽的风景，他明明走进了风景中，和风景融为一体，或者成了风景的一部分，风景却无端地消失了。只留下他一个人，留下他一个人的风景了。虽然一个人的风景也是风景，但已经不是原来的风景了。不是吗？那还难受什么呢？

史汐汐让自己沉静下来。史汐汐沉静下来的时候，他把计算器排好，一共四个，有两款和他的居然一模一样。史汐汐先是在计算器上按几下，计算器发出好听的、熟悉的声音，算是给他找了找感觉。感觉找到了，他就演奏了一曲《友谊地久天长》。这是首老歌，也可以用小号来吹奏。史汐汐在学这首曲子时，并没有想到会在这时候弹奏，却和此时的心情非常的切合和匹配。史汐汐的表现，再一次惊到了夏回。她体会不到曲子以外的故事，只是感觉到计算器音乐非常的好听。她实在是没想到，自己如此的一个音乐高手，居然不知道还有计算器音乐，不知道计算器也能弹奏，不知道计算器是可以作为乐器来玩的。

"你们都是奇人。"夏回拿起一个计算器，看着计算器感叹道。

被史汐汐当作奇人的夏回嘴里能说出这句话，也是让史汐汐没有想到的。

"麦垛居然拒绝了她应得的荣誉，"夏回摇摇头，进一步阐释她的奇人理论，"麦垛居然不去参加巡回报告会了，她男朋友居然也就同意了。境界，奇人的境界我们是看不明白的。"

在史汐汐的心目中，夏回依旧是他的偶像。他依然对夏回有着深深的崇拜——那是对树村崇拜的延续。或者说，夏回是他的理想。再或者说，树村是他的理想。再或者说，夏回被他理想化了。

"小史，你是什么时候会弹这玩意儿的？打嘴打嘴打嘴，不能说音乐器材是玩意儿，那是对音乐的不敬——虽然它确实是一个计算器，主要功能不是音乐，是算账。但是这时候它就是乐器了，需要成为乐器的时候，它就是乐器了。能把不是音乐器材的器材弹奏出音乐的效果来，我也是最喜欢这么办的。在树村时……又提树村了，该打。小史有几年历史啦——我是说弹奏计算器的历史有几年啦？"

"高中时就开始了。"

"天才。我要把它学会，你要教我呀小史。我教你吉他，你教我弹奏计算器，费用也就互免了吧。"

"那怎么行，你亏大了。这是你的教室。"史汐汐从小段和田青的身上已经懂得什么是生意经了。

"那怎么不行？你不嫌亏，就是我赚了。"夏回把计算器整理整理，坐下，又拖过来一张凳子，对史汐汐说，"来，现在就开始教学。"

史汐汐从夏回的话中和行为中感觉到，她不是虚假的，不是客套的，她是真诚的。夏回是真的想学计算器音乐的。史汐汐再谦虚，再客气，就是做作了。他也便坐下，先从最基础的教起，给夏回讲解计算器发声的原理。在演示几首曲子时，还引来几个人的围观。听了曲子之后，不少人都发出赞叹声，都说没想到，计算器还能弹奏。有个八九岁的小女生更是好奇，磨磨蹭蹭的，拉着妈妈的手不愿走，要妈妈答应她买一个。史汐汐也大方，直接送了一个给她。女孩不敢要。史汐汐说："拿着吧。"

她妈妈要掏钱。

史汐汐说："这是送给小朋友的礼物——难得孩子喜欢，拿着吧，回家玩。"

女孩的妈妈说："那太谢谢啦……你们收学生吗？弹奏计算器的。"

夏回抢着说："收啊，他就是老师。"

这时候，史汐汐的微信电话响了。

史汐汐看是田菁的，赶紧接通了："老婆，我在南区 17 号楼0129 肖邦音乐教室，你快点过来……我报名了……哈，当然是吉他啦，音乐教室还要送我一个吉他，正好你来参谋参谋。"

手机那端传来田菁甜美的声音："好呀，我刚下课，关了门就去啊——不用参谋，你定了就好。"

"还有好消息。"史汐汐卖了个关子，看着那个开心的小女孩，对田菁说，"你猜猜？"

"不会是收了个计算器的学生吧？"

史汐汐对着电话乐了，夏回也乐了，周围的人也乐了。

正乐着，又进来人了。史汐汐看到，夏回在看到来人时，脸色发生了变化，先是惊异，后是更大的惊异，再后就由惊异变成了笑，眼含泪花的笑。夏回笑着张开双臂，从史汐汐身边挤过去，一把抱住来人，激动地说："麦垛，我就知道你……"

史汐汐看到麦垛把脸埋在夏回的肩上，两个女孩紧紧拥抱着，好一会儿，麦垛才抬起头来，泪眼蒙眬地看一眼同样还在惊异中的史汐汐，对着夏回笑了。

"我以为你再也不会回来了。"夏回说。

"不，我是再也不走了。"

38

史汐汐吹了一曲小号。史汐汐觉得，他的小号技艺又有所长进了。

离上午十点的课还有半个小时。以往的这个时候，田菁就要出门了。上午的绘画班，孩子们来得早，她也都会早早到教室，和家长们交流，和孩子们共乐。但是今天她没有急着出门，而是磨磨蹭蹭的，先是洗碗，又把中午要吃的菜拿出来洗好、切好，还说要听史汐汐吹小号。史汐汐催促她，她也不急的样子。

"怎么样老婆？我感觉我长进了。"

"你是开心才觉得的吧？"田菁是说真话，依照她的欣赏能力，真听不出他的吹奏水平是不是长进了。不过看着他这些天乐呵呵的样子，看着他说好要去音乐教室学吉他又突然变卦不去了，什么都不学了，只在家吹小号了，而且越吹越迷恋，仿佛对小号又重新焕发出兴趣，田菁还是鼓励道，"经常玩肯定会提高的。"

没错，连续多天，史汐汐都在吹奏小号。就是不吹，也要听，手机里下载的全是小号的名曲，中国的、世界的，就是做别的事情，也在听。不仅是自己听，自己练，还经常和田菁交流他小号的吹奏经验和听后的心得体会。田菁虽然不懂，也会根据自己那点临时抱佛脚的心得，认真地和他交流。

田菁依旧还是那么忙。但今天却没有急于去绘画班，史汐汐在吹奏一曲后，以为她看错时间了，再一次提醒她道："老婆，九点半了。"

"不急。"

"今天怎么不急啦？"史汐汐坐在沙发上，抽一张纸，擦着小号。

"马上走。"田菁走过来了，端着两个杯子，一杯是牛奶，一杯是咖啡。啡咖是给史汐汐的，田菁把咖啡放到茶几上，在史汐汐身边磨磨蹭蹭地坐下了，"喝杯咖啡老公——问你呀，去爸家要带什么呢？我觉得我肯定能跟你妹妹玩到一块儿——帮我出出主意，我可不想空着手去见小姑子。"

史汐汐突然想起来，昨天晚上，爸爸打他电话了，约他这个周末，也就是明天，到爸爸家吃饭，还让他一定要带上女朋友。史汐汐没有答应爸爸，说事情太多了，田菁天天教孩子学画画，上午下午晚上，一天好多课，累得不要不要的。他也要帮着做些工作，哪有时间去吃饭啊。爸爸着急，说这也是妈妈的意见。妈妈明年就五十岁了，可以提前退了，希望他早点结婚，早点生孩子，妈妈也就有事做了。史汐汐觉得结婚这事太遥远了，生孩子就更没有概念了。爸爸电话里有点急，说滕阿姨也想见见他。滕阿姨就是他爸的现任夫人。提到滕阿姨，他就更不想去爸爸家了。他至今没有去过一次爸爸家。就是无法想象如何面对爸爸家的其他人，包括那个未见过面的小妹妹。所以，他把这个事情告诉田菁时，斩头去尾，只说爸爸希望他俩这个周末去吃饭，他没答应。没答应的理由是教学太忙，走不开。话是昨天夜里谈的，这一大早，田菁就心事重重的，是不是因为这个事？

田菁在他身边坐下后，把头靠在他的肩膀上，说："今天就要想好哦，下午我想请假去天街看看，买买东西。"

"学生不教啦？请假？你跟谁请假？"

田菁说："我请来的那两个老师可好了，她们都能独当一面，家长也认可了，学生交给她们我放心的。"

"你还是别请假了。就是去吃个饭……要买什么也行，想好了，我去买。"

"你买我也不放心啊，这么大的事，我陪你一起去。"田菁说着，往他怀里偎偎。

史汐汐看她真反常了，一大早就亲昵个啥呢，便爽快地同意道："好，听你的，陪你去天街。"

"这还像话。"田菁伸出双臂，圈住他脖子，又突然变脸，忧心忡忡地说："老公，出了点意外。"

"啥意思？"

"我可能……怀孕了。"

"什么？"

"怀孕了，不是可能……"

"哇，好事啊！"史汐汐扔了小号，搂紧了田菁，不迭连声地说，"好事好事好事……我要告诉妈妈！"

下午，史汐汐背上小号，下楼了。史汐汐要和田菁去天街购物。对于史汐汐和田菁来说，下午的购物特别重要，这是他第一次去爸爸家，田菁也是第一次。来北京快一年了，第一次去爸爸家就带上女朋友，等于是得到了家长的认可了。本来去购物，史汐汐是可以不背小号的，可最近真是鬼使神差了，只要出门，他小号都不离手了。他现在有了新的目标，暑假后，他真的有计划让田菁给他招几个学生了。他不是要赚钱才招学生，他是要让他对小号的喜爱保持永久的新鲜度，保持应有的挑战。

史汐汐有点性急了——和田菁约定的时间还有十来分钟呢。

这几天史汐汐做什么都有点性急。听到一首好听的小号曲，他马上就想要学会。上午得知田菁怀孕后，更是立马就告诉了妈妈。妈妈当然是高兴得不得了。关键是明天要到爸爸家，他也剧透了。他的剧透，无端地给妈妈又带来了伤感，不仅是担心自己的儿子，还担心自己的孙子归了别人。史汐汐觉得妈妈最近的变化也很大，有点患得患失了。

史汐汐坐在白皮松边的条椅上，在他身后不远的地方，就是像素北区 12 号楼 0144 室的窗户了，他知道窗户里有十来个孩子在跟着田菁学画。田菁的两个助手，肯定也在辅导着孩子。不着急，他想，时间多的是，他也难得坐在条椅上发发呆。他好久没有发呆了。发发呆也是好事了。生活是如此的细碎，又充满如此的希望，他也是如此的忙碌。六月的阳光已经有了些烈度，透过白皮松的枝干照射在他身上。树上停了一只鸟。他不认识是什么鸟。怎么只有一只？它也是在等它的伙伴吗？他的眼睛又往别处看看。隔着两边都是绿化带的步行路的另一侧，还有一棵树。这是一棵高高的银杏树，去年秋天他还在树下捡到过银杏果子。现在的银杏树绿叶很密，树上就是停着一只鸟，他也看不见。但是在笔直的树干上，有一个宝石一样的亮点晃了他的眼。那亮点的亮度很尖锐，虽然只是一个点，也让他有了点刺目的感觉。正是下午三点多的阳光，是什么东西让树干能反射出如此炽烈的刺目的光点呢？他再仔细一看，原来在树干的半腰上，有一个树洞。那个亮点正是来自这个树洞里。精力充沛又好奇心十足的史汐汐，起身向那棵银杏树走去了。在树下，可能是因为换了个角度，他看不到亮点了，他看到了一小片圆圆的玻璃，那应该是一个瓶子的底面。他心里咯噔一下，升起一段久违的记忆，难道这是去年夏天时，他在雨夜中丢失的那管血？不知一股来自何处的神秘力量，马上给了他肯定的暗示。

　　史汐汐的心在经历了一阵惊悚般的狂跳之后，有一种强烈的冲动，他想看看那管血。那毕竟是他身上的血，在经历了差不多一年之后，那血还在瓶子里吗？但，在树干上两个人高度的树洞处，他根本看不到。他决定顺着树干爬上去。他大学时练过爬杆，由于他人瘦，身体轻，臂力相对还可以，在和同学们比赛中，几次都是第一名，赢了不少洗澡票。目前这棵树洞的高度，根本不在话下。

果然，史汐汐双臂搂抱、双腿缠绕，在摽住树干后，几下就蹴到树洞处了。史汐汐看到了那管血。玻璃管里的血确实还在，头朝下地斜插在树洞里，但已经不是血的颜色了。他说不出那是什么颜色，白的，灰的，黄的，总之不是红色，可能是经过许多天的日晒风吹，已经变成另一种物质了。但那毕竟是他的血变的。史汐汐的心里顿生一阵悲怆。他无法回忆当初的具体行为和内心活动，也无法回忆这管血怎么会藏到这个树洞里，他只记得那是一个潇潇的雨夜，只记得他一路的狂奔……史汐汐强行让自己回到现实中，慢慢侧过头去，望向像素南区的方向，寻找像素南区的某一幢楼。这些长相相似的楼，他真的分辨不清了，只能隐约听到一阵吉他声在半空里回荡。回荡的音乐声中，传来孩子们的嬉闹声。史汐汐看到 12 号楼 0144 室的后窗上已经有了好几个孩子了。正好是课间时间，田菁也该出来了。他立即从树上滑了下来。

2020 年 3 月 28 日 17 时初稿于北京像素

2020 年 4 月 8 日晨修改。

2020 年 8 月 12 日再改。

2020 年 12 月 4 日第三次修改。

从"游手好闲"谈起

——读陈武长篇小说《像素》之余

远人

我有个习惯，无论加了谁的微信后，总会特意去看下对方的微信签名。有些人喜用名人名言，有些人喜用古典诗词，有些人干脆写句自认为所有人能明白，实际上却看得人莫名其妙的话。陈武兄的签名让我初时一愣，继而会心一笑。

他的签名是"游手好闲"四个字。

是不是有点不太严肃？但没有人能说，人一定要保持对生活的严肃。严肃是种态度，但轻松和随意不同样也是种态度？生活越复杂，就意味人的选择越多。不少人忌讳一些看似不褒义的说法。我倒是觉得，没有什么说法一定就是褒义或贬义，主要看签名的人能不能抹去了一条条难为自己的界限。不难为自己的人，说明他对一些说法有了超脱。"游手好闲"真还难说是褒义，但也不能说它是贬义。所以，陈武兄用它做签名，恰好证明陈武兄内心有种自如感和随意感，最重要的是，这四个字没有压迫感和姿态感，也就自然令人心生好感。

对一个小说家来说，自如和随意感非常重要，没有压迫和姿态感更加重要，它们能保证写作者在行文时不受一些无谓的羁绊。羁绊都是人为的，只有视而不见，自己才能任意挥洒，只有不非此即彼，自己才能得到相当程度上的表达自由。

和陈武兄的结识极为平常，大概十年前了，他给我所在的《文学界》（也就是现在的《湖南文学》）杂志投稿。作者与编辑的距离填补，必然通过作品。那时我对陈武兄了解不多，除了小说还是小说。当然，陈武兄是早有耳闻的成熟小说家，编辑都喜欢好的作品。我连续给他编发过几篇小说后，又收到他投来的一个令人刮目相看的中篇小说《吴小丽一周的琐屑生活》。读过小说后，我不自觉对小说作者有了兴趣。无论哪种体裁，作品后面总闪动作者的身影。那个中篇使我猛然体会到陈武兄对生活的认识和态度。当然，任何一个作家都会有对生活的认识和态度，但不是每种态度都会使一个编辑想去认识抱有态度的人。因为太多态度属于模仿和充满自以为是的姿态，陈武兄的态度既隐蔽又强硬，有极为明确的自我，也就引起了我的好奇心。不过，当时觉得几乎没可能互相认识，他的通信地址是连云港，和湖南隔了好几个省。估计他没什么事不会来湖南，我也没机会去连云港出差，所以，想认识的念头闪过，也就只能闪过了。稍感意外的是，大概两年后他投寄小说时，地址从连云港到了北京。我还记得我当时的诧异，不太明白年龄已不年轻的陈武兄如何会走上"北漂"之路。我终究没有问，他也始终没有说。

但有些缘分注定是会来临的，六年前，我在某种机缘下离开湖南，到了深圳生活。特别意外的是，两三年后的某天忽然接到陈武兄电话，他说正好到深圳办事，约了一见。屈指一算，从我第一次收读陈武兄的小说至此，差不多已过了将近七八年。这么多年下来，还能让一个人记住和愿意相见，都是不浅的缘分。尽管那时我对所谓文学圈的人都或多或少地有种排斥，还是发现自己对陈武兄的电话有种喜悦。于是我们见面了。当时他站在我所在的文化馆大门外等，我远远地看见他，陈武兄也似乎直觉走来的人是我，当即挥手。这个动作始终保留在我脑中。更难忘的是，陈武兄始终挂在脸上的微笑一下子拉近了我们之间的距离。这是我最深的印象。从那时开始，无论何时与陈武兄见面，他总是微笑。对陈武兄来说，微笑不是客套，而是一种由衷，我恍惚一下子就读懂他的性格——当然只是一面，这一面是亲近和善意，是随性和恳切，尤其一个过了半百的小说家，自然经历了不少人生，还能时时保持微笑，的确说明他对生活始终抱有一种热情。热情是人最好的名片。我们瞬间就有了一见如故之感。

当晚自然喝酒。有个说法叫酒见性情。陈武兄的确性情，原想一瓶酒够喝，结果却是三瓶酒喝完，陈武兄大醉。这是人最性情的表现。心内有戒备的人，很难第一次和人喝酒时将自己喝醉。而且最一目了然的是，端杯的陈武兄谈兴颇浓，无所忌讳的话题更使人

像　素

一下子看出，陈武兄内心充满万事随意随缘的率真，这恰恰是所谓文学圈内太多人已经失去而使我产生排斥的缘由。率真装不出。至少陈武兄装不出。特别令我难忘的是，后来我去北京时，和陈武兄喝过酒后，他忽然提议去看火车。我真还一愣，看火车？事情的确是看火车。陈武兄带我去酒店不远的一处荒地，他说这里有段铁轨，能看见一个来回运货的火车头。我大感兴趣，这差不多是童年才熟悉和有兴趣的事。我们到那里后，面前一扇锁住的铁门，好在锁得不严密，我们从门缝钻进去，没等多久，一列火车头果然碾过铁轨，慢吞吞地来回。那一刻，我发现陈武兄的兴奋像是忽然回到了童年。我猛然有了体会，作为小说家，陈武兄对生活的所有角落都保持新鲜的关注。这种新鲜并非刻意，而就是他时时保持着的"游手好闲"。我一下子理解了，在陈武兄这里，"游手好闲"其实是他在生活中四处游走和观察的手段。对一个写作者来说，没什么比这点更加重要的了。

　　所以，当陈武兄新完成的长篇小说《像素》到我手上时，我没想到我会一口气读完。掩卷后发现，读得快，首先是小说本身吸引人，其次是陈武兄对人物的刻画特别细致，就像他带我去看火车一样，对一段生活进行了走枕木似的认真面对。但认真是一回事，我觉得比认真更重要的是，陈武兄在文字挥洒时，处处体现了他"游手好闲"的特质——简单、轻松、毫不做作地将所有人物推到台前。就《像素》的故事而言，最表面的是书中人如史汐汐、田菁、小段、左洁、麦垛、皮蛋、夏回等人无不具有"游手好闲"的本质，哪怕他们都在以各自的方式面对北京的生活——既然是生活，难免有挣扎。我觉得他们——尤其主人公史汐汐堪为"游手好闲"的代表，原因不是史汐汐没有或者说没必要找份正式工作，而是作者笔下呈现的生活已没办法严肃，史汐汐除了发发呆和弄弄乐器，内心已无从闯入某个和理想挂钩的磅礴激情。因为生活本身在"游手好闲"，所以，他和小说中的其他人物都不得不顺从生活。为得到史汐汐的房间，田菁和小段展开各自的方式，从中顺带牵出田菁的闺密麦垛，但从麦垛和史汐汐迅速上床的手段来看，生活对她而言，似乎有种无所谓的一面，尽管在这整部小说中，消失最久的麦垛最给人一份阅读期待——从田菁也找不到麦垛一事来看，二人又难说是真的闺密。这恰恰是现代人的关系，若即若离。但还是不能说，性格不无粗野感的麦垛，内心有激动人心的要素。小说中也没有谁的言行具有激动人心的一面，但它始终吸引读者，使读者能在"游手好闲"的表面下，看到现实对他们的种种不经意逼迫。这是作者的高明之处，不去采取什么宏大叙事，而只呈现一些平凡至极的生活碎片——麦垛与左洁的相似，小段与皮蛋的争吵，史汐汐在田菁、麦垛、左洁，甚至夏回间的反反复复，似乎是几组人物的情感产生出小说的吸引，但深入来看，所有人的情感都无不吻合今天生活本身的轻飘。哪怕作者将新冠肺炎疫情暴发事件作为了背景，也很难让读者从这一事件中看到小说人物的沉重。不是小说家不想使笔下的人物沉重，而是所有小人物在沉重的事件面前，最想返回的，不过是简单的生活本身。生活当然不简单，但人必须以简单的方式面对，这恰恰是这部小说最吸引人的地方——随着生活沉浮的人很难改变现实赋予的生活本质，那么就只能在现实的表层上飘来飘去。史汐汐与田菁最终走到一起，也不等于他们之间有惊天动地的爱情。从史汐汐的内心看，麦垛给予他的情感无疑超过田菁。田菁是平凡的，整部小说中也只有麦垛在尝试着跳出平凡，譬如她恶作剧地要求史汐汐送她一管血，甚至在新冠肺炎疫情暴发时去武汉当志愿者，终究还是回复到了平凡。所以，这是一部讲述平凡生活的小说，所有人要求的只是属于自己的生活。也因此，贯穿小说的生活气息总是扑面而来，让读者时不时发现，小说中的人物就是自己，自己也就是小说中的人物。

　　作为一部虚构作品，能明显看出陈武兄对小说手法的驾轻就熟。田菁的出场、小段的出场，无论多么自然，在陈武兄笔下，都呈现出某种悬念。对小说来说，悬念必不可少。有悬念，读者才会跟着悬念往下走。而且，作者的运笔总看似漫不经心，譬如他告诉读者，麦垛和史汐汐的初恋对象左洁很像，当读者还来不及咀嚼其中的深意时，作者已经让左洁的正式出场也带上一层悬念——至少，在读者那里，没有人觉得史汐汐在机场看见的人是左洁。这是作者的手法，也是小说的秘密。

　　一种奇妙的体验是，我一边读这部小说，一边总想起陈武兄微笑时的样子。如果只面对交往中的他，会觉得陈武兄仅仅是一个性格开朗的生活中人，读小说时，又会觉得作者对人性的觉察和对人心的把握到了精细入微的程度。我觉得，这大概就是陈武兄对生活采取“游手好闲”的结果所致。因为“游手好闲”，他才把自己的内心和感受区域打得足够开阔，与人交往时又自然地有种赢得对方信任的真诚。这样的人不写小说会令人觉得可惜。我还想起一件事，有次和陈武兄对盏聊天时，他无意而又兴致勃勃地谈起自己少年时的一次经历，那时他还不到二十岁，独自离家，坐火车到了东北，当时隆冬，北方的冬天让他领教了什么是真正的寒冷，奇异的是，当时的少年陈武住进了一个有三个女儿的人家。少年的情窦和无力捅破的窗户纸使他体验到情在内心的美好。听完后我迫不及待，立刻建议陈武兄写一个小说来表达，这就是他后来颇有反响的中篇小说《三姐妹》。

我一直觉得，那些少年往事对陈武兄的性格不无塑造。稍有阅历的人，都会说出生活是残酷的话。生活当然残酷，关键是生活中的芸芸众生是否将一些美好藏在了内心。从陈武兄那里我发现，心中有美好的人，是真可以"游手好闲"的人——因为他要在自我的全部敞开中，尽情体验活着的美好，所以，这部《像素》像他的其他小说一样，有波澜，有起伏，最后通向了美好，尤其从年龄看，这部小说中的人物无不是晚作者一辈甚至两辈的人，但一点不妨碍他对人物的内心把握。因为"游手好闲"的含义就是不老气横秋。"游手好闲"保证了他内心的轻松和愉悦——这是衰老难以攻克的堡垒。尽管小说中的美好在单纯中错综复杂，那也不过是生活本身的复杂所致。读过这部小说的人，会看到今天生活深处的一种易被忽略，而又真实存在的心态和人间气息，令人掩卷后有淡淡的感伤，又有淡淡的留恋。这也正是一部小说写得是否成功的一个标志。

2021 年 10 月 27 日至 29 日于深圳